CLUBE DA LUTA

CLUBE DA LUTA
CHUCK PALAHNIUK

Tradução de
Érika Nogueira Vieira

1ª edição

EDITORA RECORD
RIO DE JANEIRO • SÃO PAULO
2025

Para Carol Meader,
que aguenta todo o meu mau comportamento.

AGRADECIMENTOS

Gostaria de agradecer às seguintes pessoas pelo amor e apoio apesar de, sabe, todas aquelas coisas terríveis que acontecem.

Ina Gebert
Geoff Pleat
Mike Keefe
Michael Vern Smith
Suzie Vitello
Tom Spanbauer
Gerald Howard
Edward Hibbert
Gordon Growden
Dennis Stovall
Linni Stovall
Ken Foster
Monica Drake
Fred Palahniuk

1

TYLER ME ARRANJA UM TRABALHO COMO GARÇOM, logo depois o mesmo Tyler está enfiando uma arma na minha boca e dizendo "o primeiro passo para a vida eterna é ter que morrer". Só que, por muito tempo, nós fomos melhores amigos. As pessoas sempre perguntam se eu sabia sobre Tyler Durden.

Com o cano do revólver encostado no fundo da minha garganta, Tyler diz: "A gente não vai morrer de verdade."

Com a língua, sinto os buracos silenciadores que furamos no cano do revólver. A maior parte do barulho de um disparo vem dos gases se expandindo, e a bala faz um minúsculo estrondo sônico por se deslocar tão rápido. Para criar um silenciador, basta fazer buracos no cano da arma, muitos buracos. Isso deixa os gases escaparem e retarda a bala para uma velocidade menor do que a do som.

Se fizer os buracos no lugar errado, a arma vai explodir a sua mão.

"Isso não é uma morte de verdade", continua Tyler. "Vamos nos tornar lendas. Não vamos envelhecer."

Levo o cano da arma para a minha bochecha com a língua e digo: Tyler, você está pensando em vampiros.

O prédio em que estamos vai deixar de existir em dez minutos. Você pega um concentrado de noventa e oito por cento de ácido nítrico fumegante e adiciona o triplo de ácido sulfúrico. Faz isso em uma banheira com gelo. Então acrescenta glicerina pouco a pouco com um conta-gotas. Você tem nitroglicerina.

Sei disso porque Tyler sabe disso.

Misture a nitroglicerina com serragem, e você terá um belo explosivo plástico. Muita gente a mistura com algodão e acrescenta sal de Epsom como sulfato. Também funciona. Tem gente que usa parafina misturada com nitroglicerina. Parafina nunca, nunca mesmo, funcionou para mim.

Então, Tyler e eu estamos no alto do Parker-Morris Building, e a arma está enfiada na minha boca. Ouvimos vidro quebrando. Uma olhada lá embaixo. O dia está nublado, até dessa altura. É o prédio mais alto do mundo, e dessa altura o vento sempre é frio. É tão quieto dessa altura, a sensação que dá é que você é um daqueles macacos espaciais, fazendo o trabalhinho que foi treinado para fazer.

Puxa uma alavanca.

Aperta um botão.

Não entende nada que está acontecendo, e depois simplesmente morre.

A cento e noventa e um andares, você olha lá para baixo e vê que a rua está salpicada com um tapete felpudo de gente, de pé, olhando para cima. O vidro quebrando é de uma janela logo abaixo de nós. Uma janela estoura na lateral do prédio, e então vem um arquivo tão grande quanto uma geladeira preta, bem abaixo de nós um arquivo de seis gavetas cai da lateral escarpada do prédio, vai rodando devagar, ficando cada vez menor, desaparecendo na multidão apinhada.

Em alguma parte dos cento e noventa e um andares sob nós, os macacos espaciais do Comitê de Estragos do Projeto Destruição estão fora de si, acabando com cada migalha de história.

Parece aquele velho ditado, sobre como você sempre mata o que ama, bem, olha só, funciona nos dois sentidos.

Com uma arma enfiada na boca e o cano da arma entre os dentes, você só consegue se comunicar com vogais.

Estamos chegando nos dez minutos finais.

Outra janela estoura, e vidro quebrado voa para fora, como se fosse um bando de pombos, e então uma mesa de madeira escura empurrada pelo Comitê de Estragos é impulsionada centímetro por centímetro na fachada do prédio até que tomba de lado e escorrega e dá uma volta completa no ar, se transformando em uma coisa voadora mágica perdida na multidão.

O Parker-Morris Building não vai mais existir em nove minutos. Se pegar o bastante da dinamite gelatinosa e envolver as colunas de sustentação de qualquer coisa, pode derrubar qualquer prédio do mundo. Tem que envolver muito bem envolvido com sacos de areia para que a explosão aconteça contra a coluna e não em direção à garagem em torno dela.

Essa coisa instrutiva não está em nenhum livro de história.

Há três jeitos de fazer napalm. Um: misturar partes iguais de gasolina e concentrado de suco de laranja congelado. Dois: misturar partes iguais de gasolina e Coca-Cola diet. Três: dissolver granulado sanitário de gato em gasolina até que a mistura fique espessa.

Pergunte-me como fazer gás neurotóxico. Ah, todas aquelas loucuras de carros-bomba.

Nove minutos.

O Parker-Morris Building vai cair, todos os cento e noventa e um andares, devagar como uma árvore tombando na floresta. Madeira. Você pode derrubar qualquer coisa. É estranho pensar que o lugar em que você está vai ser só um ponto no céu.

Tyler e eu estamos na beirada do terraço, a arma na minha boca, estou me perguntando quão limpa essa arma está.

Deixamos toda a coisa assassina-suicida do Tyler para lá quando vemos outro arquivo escorregar pela lateral do prédio, as gavetas abrindo no meio da queda, resmas de papel branco apanhadas na corrente de ar que sobe, levadas pelo vento.

Oito minutos.

Então a fumaça começa a sair pelas janelas quebradas. A equipe de demolição vai ativar a carga principal em uns oito minutos. A carga principal vai detonar a carga de base, as colunas de sustentação vão ruir, e a série de fotografias do Parker-Morris Building vai parar em todos os livros de história.

A série de cinco fotografias em *time-lapse*. Aqui, o prédio de pé. Segunda fotografia, o prédio vai estar num ângulo de oitenta graus. Depois um ângulo de setenta graus. Então, num ângulo de quarenta e cinco graus na quarta fotografia, quando a estrutura começa a ceder e a torre assume um leve arqueio. Na última imagem, a torre, todos os cento e noventa e um andares, vai desabar no museu nacional, que é o verdadeiro alvo de Tyler.

"Este é o nosso mundo, agora, nosso mundo", diz Tyler, "e aquele povo antigo está morto."

Se eu soubesse como tudo isso ia acabar, estaria mais do que feliz de estar morto e no céu agora mesmo.

Sete minutos.

No alto do Parker-Morris Building com a arma de Tyler na minha boca. Enquanto mesas e arquivos e computadores caem como meteoros na multidão em torno do prédio e fumaça escapa pelas janelas quebradas e três quarteirões adiante na rua a equipe de demolição vigia o relógio, sei que tudo isso: a arma, a anarquia, a explosão tem a ver na verdade com Marla Singer.

Seis minutos.

Temos uma espécie de triângulo rolando aqui. Eu quero Tyler. Tyler quer Marla. Marla me quer.

Eu não quero Marla, e Tyler não me quer por perto, não mais. Não se trata de *amor* que *se importa*. Se trata de *propriedade*, de *posse*.

Sem Marla, Tyler não teria nada.

Cinco minutos.

Talvez a gente virasse uma lenda, talvez não. Não, digo, mas espere. Onde estaria Jesus se ninguém tivesse escrito os evangelhos?

Quatro minutos.

Empurro o cano na direção da minha bochecha com a língua e digo: você quer ser uma lenda, Tyler, cara, vou fazer de você uma lenda. Estou aqui desde o começo.

Eu me lembro de tudo.

Três minutos.

OS GRANDES BRAÇOS DE BOB ME ENVOLVIAM E ME MANTINHAM ALI, espremido no escuro entre as novas tetas suadas dele, penduradas de tão grandes, do jeito que pensamos em Deus como grande. Circulando pelo subsolo da igreja cheio de homens, a cada noite conhecíamos uns aos outros: este é o Art, este é o Paul, este é o Bob; os grandes ombros de Bob me faziam pensar no horizonte. O cabelo dele é loiro e espesso, como se passasse mousse modeladora, tão espesso e loiro, e muito bem dividido ao meio.

Os braços dele me envolviam. Bob espalmava minha cabeça contra as novas tetas que brotaram em seu torso de barril.

“Vai ficar tudo bem”, diz Bob. “Pode chorar agora.”

Dos meus joelhos à minha testa, sinto as reações químicas dentro de Bob queimando alimento e oxigênio.

“Talvez eles tenham pegado isso tudo bem cedo”, continua ele. “Talvez seja só seminoma. Com seminoma, você tem uma taxa de sobrevivência de quase cem por cento.”

Bob inspira e seus ombros se erguem devagar, depois caem, caem, caem em soluços sacudidos. Se erguem. Caem, caem, caem.

Venho aqui toda semana há dois anos, e toda semana Bob me envolve em seus braços, e eu choro.

“Pode chorar”, diz Bob, e inspira e soluça, soluça, soluça. “Vai, pode chorar.”

A grande cara molhada descansa no alto da minha cabeça, e eu me perco lá dentro. É então que choro. Chorar é bem fácil no escuro sufocante, fechado no interior de outra pessoa, quando percebe que tudo que pode realizar na vida vai virar lixo.

Qualquer coisa de que você já teve orgulho vai ser jogada fora.

E eu me perco no interior.

Isso é o mais perto que estive de dormir em quase uma semana inteira.

É assim que conheço Marla Singer.

Bob chora porque há seis meses seus testículos foram removidos. Fez terapia de reposição hormonal. Ele tem peitos porque sua taxa de testosterona está muito alta. Se você aumenta demais o nível de testosterona, seu corpo eleva o estrogênio para tentar equilibrar.

E aí você chora porque, nesse momento, sua vida se resume a nada, nem sequer nada, esquecimento.

Estrogênio demais, e você fica com tetas de vaca.

É fácil chorar quando você se dá conta de que todo mundo que ama vai rejeitá-lo ou morrer. Numa sequência temporal longa o bastante, a taxa de sobrevivência de todo mundo vai cair para zero.

Bob me ama porque acha que meus testículos também foram removidos.

Ao nosso redor, no subsolo da Trinity Episcopal com os sofás de estampa xadrez das lojas de segunda mão, estão talvez vinte homens e apenas uma mulher, todos enroscados em pares, a maioria chorando. Alguns pares se inclinam para a frente, as cabeças pressionadas orelha com orelha, do jeito que os praticantes de luta romana ficam, travados. O homem com a única mulher apoia os cotovelos nos ombros dela, um cotovelo de cada lado, a cabeça dela fica entre as mãos dele, e o rosto dele chorando no pescoço dela. A mulher torce o rosto para um lado e ergue um cigarro.

Espio por debaixo do sovaco de Big Bob.

"Toda a minha vida", prossegue Bob, chorando. "Por que faço as coisas, eu não sei."

A única mulher no Homens Remanescentes Juntos, o grupo de apoio para câncer no testículo, fuma seu cigarro sob o fardo de um estranho, e o olhar dela encontra o meu.

Impostora.

Impostora.

Impostora.

Cabelo curto e sem brilho, olhos grandes como nas animações japonesas, magra leite desnatado, amarelada como leitelho em seu vestido com uma estampa de papel de parede de rosas escuras, essa mulher também estava no meu grupo de apoio a tuberculosos sexta-feira à noite. Ela estava na minha mesa-redonda de melanoma quarta-feira à noite. Segunda-feira à noite, ela estava no meu grupo de bate-papo de leucemia Crentes Convictos. A parte no meio do cabelo dela é um raio torto de escalpo branco.

Todos esses grupos de apoio têm nomes vagamente otimistas. Meu grupo de parasitas do sangue, nas noites de quinta-feira, se chama Livre e Limpo.

O grupo que frequento para parasitas do cérebro se chama Acima e Além.

E domingo à tarde, o Homens Remanescentes Juntos acontece no subsolo da Trinity Episcopal, e essa mulher está aqui, de novo.

Pior do que isso, não consigo chorar com ela olhando.

Essa deveria ser a minha parte preferida, ser abraçado e chorar com Big Bob sem esperanças. Nós todos nos dedicamos tanto, e o tempo todo. Esse é o único lugar em que sempre relaxo de verdade e me rendo.

São minhas férias.

Fui ao meu primeiro grupo de apoio há dois anos, depois de uma consulta médica sobre a minha insônia, de novo.

Três semanas, e nada de eu dormir. Três semanas sem sono, e tudo vira uma experiência extracorpórea. O médico disse: "Insônia é só o sintoma de uma coisa maior. Descubra o que está errado de verdade. Escute o seu corpo."

Eu só queria dormir. Queria pequenas cápsulas azuis de amobarbital, de duzentos miligramas. Queria cápsulas vermelhas e azuis de Tuinal, secobarbitais vermelho-batom.

O médico me mandou mascar raiz de valeriana e fazer mais exercício. Em algum momento, eu cairia no sono.

Do jeito que minha cara parecia uma fruta velha que se esmagou ao despencar, você poderia achar que eu estava morto.

O médico disse que, se eu quisesse ver dor de verdade, devia dar uma passada na Primeira Eucaristia numa terça-feira à noite. Ver pessoas com parasitas cerebrais. Ver pessoas com doenças degenerativas dos ossos. Com disfunções orgânicas do cérebro. Pacientes com câncer sobrevivendo.

Então eu fui.

No primeiro grupo, houve apresentações: essa é a Alice, essa é a Brenda, esse é o Dover. Todo mundo sorri com aquela arma invisível apontada para a cabeça.

Nunca dou meu nome de verdade nos grupos de apoio.

O esqueletinho de mulher chamado Chloe com o fundilho da calça pendendo, triste e vazio, me diz que a pior coisa sobre seus parasitas cerebrais é que ninguém quer transar com ela. Lá estava ela, tão perto da morte que a apólice de seu seguro de vida tinha pagado setenta e cinco mil pratas, e tudo que Chloe queria era trepar pela última vez. Não intimidade, sexo.

O que um cara fala? O que é que você pode falar, quero dizer.

Toda essa morte tinha começado com Chloe se sentindo um pouco cansada, e ela ficou entediada demais para fazer o tratamento. Filmes pornográficos, ela tinha filmes pornográficos no apartamento dela.

Durante a Revolução Francesa, Chloe me disse, as mulheres na prisão, as duquesas, baronesas, marquesas, sei lá, elas fodiam com qualquer homem que montasse nelas. Chloe baforava no meu pescoço. Montasse. Trepasse. Eu sabia? Foder fazia o tempo passar.

La petite mort, os franceses chamavam a coisa.

Chloe tinha filmes pornográficos, se eu estivesse interessado. Nitrito de amila. Lubrificantes.

Em tempos normais, eu teria uma ereção. Nossa Chloe, no entanto, é um esqueleto mergulhado em cera amarela.

Com a aparência que ela está, não sou nada. Nem sequer nada. Ainda assim, o ombro dela cutuca o meu quando sentamos em roda no tapete felpudo. Fechamos os olhos. Era a vez de Chloe nos conduzir na meditação guiada, e ela nos levou com palavras para o jardim da serenidade. Nos fez subir com palavras a colina até o palácio das sete portas. Dentro do palácio havia sete portas, a porta verde, a porta amarela, a porta laranja, e Chloe nos instruiu a abrir cada porta, a porta azul, a porta vermelha, a porta branca, e descobrir o que havia lá dentro.

De olhos fechados, imaginávamos nossa dor como uma bola de luz branca de cura que pairava em torno de nossos pés e subia para nossos joelhos, nossa cintura, nosso peito. Nossos chacras se abrindo. O chacra do coração. O chacra coronário. Chloe nos orientava pelas cavernas em que conhecíamos nosso animal de poder. O meu era um pinguim.

Gelo cobria o chão da caverna, e o pinguim disse "deslize". Sem qualquer esforço, deslizamos por túneis e galerias.

Chegou a hora do abraço.

Abra os olhos.

Era o momento do contato físico terapêutico, disse Chloe. Todos devíamos escolher um parceiro. Chloe se jogou bem na minha cara e chorou. Ela tinha lingerie sem alças em casa, e chorou. Tinha óleos e algemas, e chorou enquanto eu via o ponteiro maior do meu relógio rodar onze vezes.

Não chorei no meu primeiro grupo de apoio, há dois anos. Também não chorei no segundo ou terceiro grupo de apoio que fui. Não chorei nos parasitas do sangue nem no câncer de intestino nem na demência cerebral orgânica.

É assim que acontece com a insônia. Tudo fica tão longe, uma cópia de uma cópia de uma cópia. A insônia distancia tudo, não dá para encostar em nada e nada consegue encostar em você.

Então veio Bob, o grande molengão. A primeira vez que fui ao câncer de testículos, Bob, o ursão, avançou para cima de mim no Homens Remanescentes Juntos e começou a chorar. O ursão se refugiou vindo do outro lado da sala quando era hora do abraço, os braços ao longo do corpo, os ombros caídos. Seu queixo de ursão no peito, seus olhos já cheios de lágrimas. Arrastando os pés, passos invisíveis de joelhos colados, Bob deslizou pelo subsolo para se lançar sobre mim.

Ele me acachapou.

Os grandes braços dele me envolveram.

Big Bob era um viciado, disse ele. Todos aqueles anos tomando Dianabol e depois o esteroide para cavalos de corrida, Wistrol. Tinha a própria academia, Big Bob era dono de uma academia. Casado três vezes. Fez endossamento de produtos, e será que eu já o tinha visto na televisão alguma vez? Todo o programa de como desenvolver a musculatura do peito era praticamente invenção dele.

Estranhos com esse tipo de honestidade me fazem ter uma ereção meia-bomba, se é que você me entende.

Bob não sabia. Talvez apenas um de seus *huevos* já tivesse descido, e ele sabia que esse era um fator de risco. Bob me falou sobre sua terapia hormonal pós-operatória.

Muitos fisiculturistas que injetaram testosterona além da conta ficavam com o que chamavam de tetas de vaca.

Tive que perguntar o que Bob queria dizer com *huevos*.

Huevos, respondeu. Bagos. Colhões. Saco. Bolas. No México, onde se compra esteroides, também chamam de "ovos".

Divórcio, divórcio, divórcio, disse Bob e me mostrou uma foto na carteira de si mesmo, enorme e parecendo nu, só com uma tanga, posando em algum concurso. É um jeito estúpido de viver, comentou, mas quando se está bombado e raspado no palco, totalmente malhado com gordura corporal reduzida a dois por cento e os diuréticos te deixam frio e duro como concreto ao toque, você fica cego com as luzes e surdo com o barulho de retorno do sistema de som até que o juiz manda: "Estenda o quadríceps direito, flexione e segure."

"Estenda o braço esquerdo, flexione e segure."

Isso é melhor do que a vida real.

Adiante toda a história, disse Bob, até o câncer. E aí ele faliu. Tinha dois filhos crescidos que não retornavam suas ligações.

A cura para as tetas de vaca era o médico fazer um corte debaixo dos peitorais e drenar fora o líquido.

Isso é tudo de que me lembro porque depois Bob estava me abraçando, e sua cabeça se dobrava para a frente, me cobrindo. Depois, fiquei perdido dentro do esquecimento, escuro e calado e completo. Quando finalmente me afastei do peito macio dele, a frente da camiseta de Bob era uma máscara molhada de como eu ficava quando chorava.

Isso foi há dois anos, na minha primeira noite no Homens Remanescentes Juntos.

Em quase todos os encontros desde então, Big Bob me fez chorar.

Nunca voltei ao médico. Nunca masquei a raiz de valeriana.

Isso era liberdade. Perder toda a esperança era liberdade. Se eu não falasse nada, as pessoas no grupo presumiam o pior. Elas choravam mais. Eu chorava mais. Erga os olhos para as estrelas e você já era.

Indo a pé para casa depois de um grupo de apoio, eu me sentia mais vivo do que nunca. Eu não tinha câncer nem hospedava parasitas no meu sangue; eu era o pequeno centro cálido ao redor do qual a vida do mundo se amontoava.

E eu dormi. Bebês não dormem tão bem como eu dormi naquela vez.

Toda noite, eu morria, e toda noite, eu nascia.

Ressuscitado.

Até essa noite, dois anos de sucesso até essa noite, porque não consigo chorar com essa mulher me olhando. Porque não consigo chegar ao fundo do poço, não posso ser salvo. Minha língua acha que tem papel de parede com relevo dentro da minha boca, de tanto que mordi a parte interna da bochecha. Faz quatro dias que não durmo.

Com ela olhando, sou um mentiroso. Ela é a impostora. Ela é a mentirosa. Nas apresentações essa noite, nos identificamos: sou Bob, sou Paul, sou Terry, sou David.

Eu nunca dou meu nome de verdade.

"Aqui é o câncer, né?", perguntou ela.

E depois disse: "Bem, olá, meu nome é Marla Singer."

Ninguém nunca disse para Marla que tipo de câncer. Estamos todos ocupados embalando nossa criança interior.

O homem ainda chora no pescoço dela, e Marla dá outra tragada no cigarro.

Eu a observo do meio das tetas de Bob que estremecem.

Para Marla, sou um impostor. Desde a segunda noite que a vi, não consigo dormir. Ainda assim, eu era o primeiro impostor, a não ser que todas as pessoas estejam fingindo lesões e tosses e tumores, até Big Bob, o ursão. O grande molengão.

Dá só uma olhada no cabelo modelado dele.

Marla está fumando e revirando os olhos.

Nesse exato momento, a mentira dela reflete a minha mentira, e tudo que consigo ver são mentiras. Em meio de toda a verdade deles. Todo mundo se enroscando e correndo o risco de compartilhar seus piores temores: que a morte deles está vindo com tudo, que o cano de uma arma está enfiado no fundo da garganta deles. Bem, Marla está fumando e revirando os olhos, e eu estou enterrado debaixo de um tapete soluçante, e de repente até a morte e morrer fica lá, em último lugar no ranking, junto com as flores de plástico em vídeo como algo que nunca aconteceu.

"Bob", digo, "você está me esmagando." Tento sussurrar, e então desisto. "Bob." Tento manter a voz baixa, mas começo a gritar. "Bob, preciso ir ao banheiro."

Um espelho pendurado em cima da pia no banheiro. Se o padrão se mantiver, vou ver Marla Singer no Acima e Além, o grupo de disfunção cerebral parasitária. Marla vai estar lá. É claro que vai, e o que vou fazer é me sentar ao lado dela. E depois das apresentações e da meditação guiada, das sete portas do palácio, a bola de luz branca de cura, depois que abrirmos nossos chacras, quando chegar a hora do abraço, vou agarrar aquela vadiazinha.

Os braços dela bem apertados junto das laterais do corpo, e minha boca pressionada no ouvido dela, vou dizer, Marla, sua grande impostora, some daqui.

Essa é a única coisa real na minha vida, e você está estragando.

Sua turista.

Da próxima vez que a gente se encontrar, vou dizer, Marla, não consigo dormir com você aqui. Preciso disso. Vai embora.

3

VOCÊ ACORDA NO AIR HARBOR INTERNATIONAL.

A cada decolagem e aterrissagem, quando o avião se inclinava demais para um lado, eu rezava por um desastre. Aquele momento cura minha insônia com narcolepsia, quando podemos morrer como tabaco humano indefeso e amontoados na fuselagem.

É assim que conheço Tyler Durden.

Você acorda no O'Hare.

Você acorda no LaGuardia.

Você acorda no Logan.

Tyler trabalhava meio período como projecionista de cinema. Por causa de sua natureza, ele só conseguia trabalhar em empregos noturnos. Se um projecionista não fosse trabalhar alegando estar doente, o sindicato chamava Tyler.

Algumas pessoas são noturnas. Outras são diurnas. Eu só conseguiria trabalhar num emprego de dia.

Você acorda no Dulles.

O seguro de vida paga o triplo se você morrer em uma viagem a trabalho. Eu rezava pelo efeito de vento gradiente. Rezava por pelicanos tragados para dentro das turbinas e parafusos soltos e gelo nas asas dos aviões. Na decolagem, quando a aeronave pressionava a pista para baixo e os flapes empinavam, com nossos assentos na posição vertical e nossas mesas fechadas e todas as bagagens de mão nos compartimentos acima dos assentos, enquanto o fim da pista corria para nos encontrar com nossos produtos fumígenos apagados, eu rezava por um desastre.

Você acorda no Love Field.

Em uma cabine de projeção, Tyler fazia alternâncias se o cinema fosse muito velho. Com as alternâncias, você tem dois projetores na cabine, cada um funciona de uma vez.

Sei disso porque Tyler sabe disso.

Enquanto um está rodando, o segundo é preparado com a continuação do próximo rolo de filme. A maioria dos filmes tem seis ou sete rolos apresentados numa certa ordem. Nos cinemas mais novos, emendam todos os rolos em um único rolo de quatro metros e meio. Assim você não precisa cuidar de dois projetores e fazer alternâncias, passar de um para o outro, rolo um, alternar, rolo dois no outro projetor, alternar, rolo três no primeiro projetor.

Alternar.

Você acorda no SeaTac.

Analiso a imagem das pessoas no papel laminado com as orientações de segurança das companhias aéreas, que ficam no encosto dos assentos. Uma mulher flutua no oceano, seu cabelo castanho esparramado atrás dela, o assento da poltrona agarrado ao peito. Os olhos estão bem abertos, mas a mulher não sorri ou franze a testa. Em outra imagem, pessoas calmas como vacas hindus alcançam de seus assentos as máscaras de oxigênio que caem do teto.

Deve ser uma emergência.

Ah.

A cabine despressurizou.

Ah.

Você acorda, e está no Willow Run.

Cinema velho, cinema novo. Para mandar um filme para o cinema seguinte, Tyler tem de tornar a partir o filme em seis ou sete rolos originais. Os rolos pequenos são guardados em duas maletas de aço hexagonais. Cada maleta tem uma alça no alto. Levante uma, e você vai deslocar o ombro. Elas pesam esse tanto.

Tyler é garçom de um bufê de luxo, servindo mesas em um hotel, no centro da cidade, e é um projecionista do sindicato dos operadores de projetores. Não sei há quanto tempo Tyler vinha trabalhando em todas aquelas noites em que eu não conseguia dormir.

Nos cinemas antigos, que rodam um filme com dois projetores, um projecionista tem que estar lá para trocar os projetores no segundo exato para que a plateia nunca perceba o intervalo quando um rolo começa e outro termina. Você tem de procurar os quatro pontinhos brancos no alto, no canto direito da telona. Esse é o aviso. Assistindo a um filme, você vai ver dois pontos brancos no fim de um rolo.

"Queimaduras de cigarro", são chamados no ramo.

O primeiro ponto branco, esse é o aviso de dois minutos. Você liga o segundo projetor para que ele rode na velocidade certa.

O segundo ponto branco é o aviso de cinco segundos. Animação. Você está parado entre os dois projetores e o calor das lâmpadas faz a cabine transpirar, há tanto xenon que o cegaria se você olhasse direto para elas. O primeiro ponto pisca na tela. O som num filme vem de um grande alto-falante atrás da tela. A cabine do projecionista é à prova de som porque dentro da cabine fica a algazarra de rodas dentadas correndo o filme pelas lentes a 1,8 metro por segundo, dez frames por metro, sessenta frames por segundo correndo por elas, estalando tiros de metralhadora. Os dois projetores rodando, você parado entre eles, segurando a alavanca de obturação de cada um. Em projetores bem antigos, você tem um alarme no centro do carretel de alimentação.

Mesmo depois que o filme está na televisão, os pontos de aviso ainda vão aparecer. Até nos filmes de avião.

À medida que a maior parte do filme passa para o carretel de enrolar os filmes, o carretel de enrolar os filmes roda mais devagar e o carretel de alimentação tem de rodar mais rápido. No fim de um carretel, o carretel de alimentação roda tão rápido que o alarme vai começar a tocar para avisá-lo de que uma alternância está chegando.

O escuro está quente graças às lâmpadas dentro dos projetores, e o alarme está tocando. Fique parado lá entre os dois projetores com uma alavanca em cada mão e vigie o canto da tela. O segundo ponto pisca. Conte até cinco. Feche um obturador. Ao mesmo tempo, abra o outro obturador.

Alternar.

O filme continua.

Ninguém na audiência sabe o que aconteceu.

O alarme está no carretel de alimentação para que o projecionista possa cochilar. Um projecionista de cinema faz muito mais do que deveria fazer. Nem todo projetor tem o alarme. Em casa, você às vezes acorda na sua cama escura com o pavor de que caiu no sono na cabine e deixou passar uma alternância. A audiência vai te xingar. A audiência, o filme dos sonhos dela está arruinado, e o gerente vai ligar para o sindicato.

Você acorda no Krissy Field.

O charme de viajar é que para onde quer que eu vá, vida em miniatura. Vou para o hotel, sabonete em miniatura, xampus em miniatura, manteiga de porção individual, enxaguante bucal em miniatura e uma escova de dente descartável. Sento-me no assento padrão de avião. Você é um gigante. O problema é que seus ombros são grandes demais. Suas pernas de Alice no País das Maravilhas de repente têm tantos quilômetros de comprimento que encostam nos pés da pessoa na sua frente. O jantar chega, um kit em miniatura de passatempo "faça-você-mesmo" Frango Cordon Bleu, uma espécie de projeto de montagem para mantê-lo ocupado.

O piloto ligou o aviso de cinto de segurança, e pedimos que evitem se deslocar pela cabine.

Você acorda no Meigs Field.

Às vezes, Tyler acorda no escuro, agitado com o pavor de que deixou passar uma troca de rolos ou que o filme partiu ou escorregou o mínimo suficiente no projetor para que as rodas dentadas estejam perfurando uma linha de buracos pela trilha sonora.

Depois que um filme passou por uma roda dentada, a luz da lâmpada passa pela trilha sonora e em vez de fala, você é acertado com o som de hélice de helicóptero *uôp uôp uôp* à medida que cada rajada de luz passa por um buraco de roda dentada.

O que mais um projecionista não deveria fazer: Tyler faz slides com os melhores frames separados de um filme. O primeiro filme com nudez frontal completa que qualquer um consegue lembrar tinha a atriz Angie Dickinson pelada.

Quando uma cópia desse filme foi enviada dos cinemas da Costa Oeste para os cinemas da Costa Leste, a cena do nu tinha sumido. Um projecionista retirou um frame. Outro projecionista tirou um frame. Todo mundo queria fazer um slide nu de Angie Dickinson. O pornô entrou nos cinemas e esses projecionistas, alguns deles, fizeram coleções que se tornaram épicas.

Você acorda no Boeing Field.

Você acorda no LAX.

Nós temos um voo quase vazio, esta noite, então sinta-se à vontade para recolher os descansos de braço para o assento e se esticar. Você se estica, zigue-zague, joelhos dobrados, cintura dobrada, cotovelos dobrados ao longo de três ou quatro assentos. Eu atraso meu relógio duas horas ou adianto três horas, horário do Pacífico, das Montanhas, Central ou do Leste; perde uma hora, ganha uma hora.

Essa é sua vida, e ela está terminando um minuto de cada vez.

Você acorda no Cleveland Hopkins.

Você acorda no SeaTac, de novo.

Você é um projecionista e está cansado e com raiva, mas, principalmente, está entediado e então pega um único frame de pornografia, recolhido por algum outro projecionista, que encontrou escondido na cabine e emenda esse frame do close-up de um pênis vermelho estocando ou uma vagina molhada escancarada em outro filme.

Uma daquelas aventuras de animais de estimação, quando o cachorro e o gato são deixados para trás por uma família que foi viajar e eles têm de encontrar o caminho para casa. No rolo três, logo depois de o cachorro e o gato, que têm vozes humanas e falam um com o outro, terem comido de uma lata de lixo, há um lampejo de uma ereção.

Tyler faz isso.

Um único frame de um filme fica na tela por um sexagésimo de segundo. Divida um segundo em sessenta partes iguais. Esse é o tempo que dura a ereção. Erguendo-se quatro andares de altura sobre o auditório pipoqueiro, deslizante vermelho e terrível, e ninguém o vê.

Você acorda no Logan, de novo.

Esse é um jeito horrível de viajar. Vou a reuniões a que meu chefe não quer comparecer. Faço anotações. Volto.

Aonde quer que eu esteja indo, vou estar lá para aplicar a fórmula. Vou manter o segredo intacto.

É simples aritmética.

É um problema com enunciado.

Se um carro novo fabricado pela minha empresa deixa Chicago seguindo para o oeste a noventa e sete quilômetros por hora, e o diferencial traseiro trava, e o carro bate e pega fogo e todo mundo fica preso no interior, minha empresa dá início a um recall?

Você pega a população de veículos no campo (*A*) e a multiplica pela taxa provável de falha (*B*), depois multiplica o resultado pelo custo médio de um acordo fora do tribunal (*C*).

A vezes *B* vezes *C* é igual a *X*. Isso é o que vai custar se não dermos início a um recall.

Se *X* for maior do que o custo de um recall, fazemos o recall dos carros e ninguém se machuca.

Se *X* for menor do que o custo de um recall, então não o fazemos.

Aonde quer que eu vá, tem a carcaça queimada e comprimida de um carro esperando por mim. Sei onde estão todos os podres. Considere isso a segurança do meu emprego.

Hora do hotel, comida do restaurante. A toda parte que vou, faço amizades em miniatura com pessoas sentadas ao meu lado do Logan ao Krissy ao Willow Run.

O que sou é coordenador de campanha de recall, digo ao amigo de porção individual sentado ao meu lado, mas estou tentando uma carreira como lavador de pratos.

Você acorda no O'Hare, de novo.

Tyler emendou um pênis em tudo depois daquilo. Em geral, close-ups, ou uma vagina Grand Canyon com um eco, de quatro andares de altura e se contraindo com pressão sanguínea enquanto a Cinderela dançava com o

Príncipe Encantado e as pessoas assistiam. Ninguém reclamou. As pessoas comiam e bebiam, mas a noite não foi a mesma. As pessoas passam mal ou começam a chorar e não sabem por quê. Só um beija-flor poderia ter pegado Tyler em ação.

Você acorda no JFK.

Eu derreto e incho na hora da aterrissagem quando uma roda acerta com um baque a pista, mas o avião tomba para um lado e se demora na decisão de se acertar ou rolar. Durante esse momento, nada importa. Erga os olhos para as estrelas e você já era. Nem sua bagagem. Nada importa. Nem seu mau hálito. As janelas estão escuras do lado de fora e os motores das turbinas rugem lá atrás. A cabine pende do ângulo errado sob o rugido das turbinas, e você nunca mais vai ter que fazer outro pedido de reembolso de despesa de novo. Recibo exigido para itens acima de vinte e cinco dólares. Você nunca mais vai ter que cortar o cabelo de novo.

Um baque, e a segunda roda acerta o asfalto. O *staccato* da fivela de cem cintos de segurança se abrindo, e o amigo descartável ao lado de quem você quase morreu diz:

Espero que você consiga fazer sua conexão.

É, eu também.

E esse é o tempo que seu momento durou. E a vida continua.

E de alguma forma, por acidente, Tyler e eu nos conhecemos.

Era hora de umas férias.

Você acorda no LAX.

De novo.

Conheci Tyler indo a uma praia de nudismo. Foi bem no fim do verão, e eu estava dormindo. Tyler estava pelado e suando, sujo de areia, o cabelo molhado e oleoso, caindo no rosto.

Tyler esteve por perto muito tempo antes de nos conhecermos.

Ele estava tirando toras de madeira flutuante da rebentação e as arrastando para a praia. Na areia molhada, ele já tinha plantado meio círculo de toras de modo que ficassem alguns centímetros umas das outras e na altura de seus olhos. Havia quatro toras, e quando acordei assisti a Tyler puxar uma quinta tora para a praia. Ele cavou um buraco debaixo de uma extremidade da tora, depois ergueu a outra extremidade até que a tora deslizou para dentro do buraco e ficou lá de pé num ângulo suave.

Você acorda na praia.

Vocês eram as únicas pessoas na praia.

Com um graveto, Tyler desenhou uma linha reta na areia a vários metros de distância. Ele voltou para deixar a tora reta chutando mais areia e a apertando em torno da base da madeira com o pé.

Eu era a única pessoa assistindo a isso.

Tyler me gritou. "Você sabe que horas são?"

Eu sempre estou de relógio.

"Você sabe que horas são?"

Eu perguntei, onde?

"Aqui", respondeu Tyler. "Agora."

Eram quatro e seis da tarde.

Depois de um instante, Tyler sentou de pernas cruzadas na sombra das toras. Ficou sentado alguns minutos, levantou, deu um mergulho e vestiu uma camiseta e uma calça de moletom, e começou a ir embora. Eu tive que perguntar.

Eu precisava saber o que Tyler estava fazendo enquanto eu dormia.

Se eu podia acordar em um lugar diferente, em uma hora diferente, será que poderia acordar como uma pessoa diferente?

Perguntei se Tyler era um artista.

Ele deu de ombros e me mostrou como as cinco toras de pé eram mais largas na base. Tyler me mostrou a linha que tinha desenhado na areia, e como a tinha usado para medir a sombra que cada tora projetava.

Às vezes, você acorda e tem de perguntar onde está.

O que Tyler havia criado era a sombra de uma mão gigante. Só que os dedos eram compridos como os de Nosferatu e o polegar era curto demais, mas ele disse que exatamente às quatro e meia a mão tinha sido perfeita. A mão gigante de sombra tinha durado, perfeita, por um minuto, e por um minuto perfeito. Tyler havia sentado na palma de uma perfeição que ele mesmo tinha criado.

Você acorda, e não está em lugar nenhum.

Um minuto era o bastante, segundo Tyler, uma pessoa tinha de trabalhar duro para isso, mas um minuto de perfeição valia o esforço. Um instante era o máximo que você podia esperar da perfeição.

Você acorda, e já basta.

O nome dele era Tyler Durden, e ele era projecionista de cinema filiado ao sindicato e garçom de bufê de luxo em um hotel, no centro da cidade, e me deu o número do seu telefone.

E foi assim que nos conhecemos.

TODOS OS PARASITAS CEREBRAIS DE COSTUME ESTÃO AQUI, ESSA NOITE. O Acima e Além sempre fica com o maior comparecimento. Esse é o Peter. Esse é o Aldo. Essa é a Marcy.

Oi.

As apresentações, todo mundo, essa é Marla Singer, primeira vez com a gente.

Oi, Marla.

No Acima e Além, a gente começa com o Bate-Papo para Colocar em Dia. O grupo não se chama Parasitas Cerebrais Parasitários. Você nunca vai ouvir alguém dizer "parasita". Todo mundo está sempre melhorando. Ah, esse novo remédio. Todo mundo sempre acabou de superar. Ainda assim, por toda parte, há o apertar de olhos de uma dor de cabeça de cinco dias. Uma mulher limpa lágrimas involuntárias. Todo mundo ganha um crachá, e pessoas que você encontrou toda quinta-feira à noite por um ano vêm até você, com a mão a postos para o cumprimento e os olhos no seu crachá.

Acho que a gente não se conhece.

Ninguém nunca vai dizer *parasita*. Vão dizer *agente*.

Não dizem *cura*. Vão dizer *tratamento*.

No Bate-Papo para Colocar em Dia, alguém vai dizer como o agente se espalhou para a sua coluna vertebral e que de repente vai perder o controle da mão esquerda. O agente, outro vai dizer, secou a parede do seu cérebro, que passa a recuar do interior do seu crânio, o que causa convulsões.

Da última vez que estive aqui, a mulher chamada Chloe anunciou a única boa notícia que tinha. Chloe se içou de pé segurando os braços de madeira da cadeira e disse que já não tinha mais medo da morte.

Hoje à noite, depois das apresentações e do Bate-Papo para Colocar em Dia, uma garota que não conheço, com um crachá que diz Glenda, conta que é irmã da Chloe e que, às duas da manhã da última quinta-feira, Chloe finalmente morreu.

Ah, isso deveria ser tão doce. Por dois anos, ela tinha chorado nos meus braços na hora do abraço, e agora está morta, morta e enterrada, morta em uma urna, mausoléu, columbário. Ah, a prova de que um dia você está pensando e se arrastando por aí, e, no seguinte, é fertilizante frio, comida de vermes. Esse é o milagre impressionante da morte, e devia ser tão doce se não fosse por, ah, por aquela lá.

Marla.

Ah, e Marla está me encarando de novo, destoando entre todos os parasitas do cérebro.

Mentirosa.

Impostora.

Marla é a impostora. Você é o impostor. Todo mundo em volta, quando eles se retraem ou estremecem e caem ladrando e as forquilhas dos jeans ficam azul-escuro, bem, é tudo uma grande encenação.

A meditação guiada não vai me levar a lugar nenhum hoje à noite. Atrás de cada uma das sete portas do palácio, a porta verde, a porta laranja, Marla. A porta azul, Marla está lá. Mentirosa. Na meditação guiada pela caverna do meu animal de poder, meu animal de poder é Marla. Fumando seu cigarro, Marla, revirando os olhos. Mentirosa. Cabelo preto e lábios franceses almofadados. Impostora. Lábios de sofá de couro escuro italiano. Você não pode fugir.

Chloe era o artigo genuíno.

Chloe era do jeito que o esqueleto de Joni Mitchell pareceria se você o fizesse sorrir e se deslocar por uma festa sendo superlegal com todo mundo. Imagine o esqueleto popular de Chloe do tamanho de um inseto, correndo pelas abóbadas e galerias de suas vísceras às duas da manhã. Seu pulso como uma sirene suspensa, anunciando: preparar para morte em dez, em nove, em oito segundos. A morte vai começar em sete, seis...

À noite, Chloe corria pelo labirinto de suas próprias veias em colapso e tubos arrebentados respingando linfa quente. Nervos emergem como detonadores no tecido. Abscessos incham no tecido em torno dela tão quentes como pérolas brancas.

O anúncio em suspenso, preparar para evacuar intestinos em dez, em nove, oito, sete.

Preparar para evacuar a alma em dez, em nove, oito.

Chloe está respingando pela reserva de fluido renal que chega até seus tornozelos, vindo de seus rins falidos.

A morte começará em cinco.

Cinco, quatro.

Quatro.

Em torno dela, a vida parasitária pinta seu coração com spray.

Quatro, três.

Três, dois.

Chloe escala fora de controle pela parede talhada de sua própria garganta.

A morte começará em três, em dois.

O luar entra brilhando pela boca aberta.

Prepare-se para o último suspiro, agora.

Evacuar.

Agora.

Alma livre do corpo.

Agora.

A morte começa.

Agora.

Ah, isso devia ser tão doce, a confusão quente de Chloe ainda nos meus braços e Chloe morta em algum lugar.

Mas não, Marla me vigia.

Na meditação guiada, abro os braços para receber minha criança interior, e a criança é Marla fumando um cigarro. Nada de bola de luz branca de cura. Mentirosa. Nada de chacras. Imagine seus chacras se abrindo como flores e no centro de cada um há uma explosão em *slow-motion* de doce luz.

Mentirosa.

Meus chacras ficam fechados.

Quando a meditação termina, todo mundo está se espreguiçando e girando a cabeça e ajudando uns aos outros a se levantar em preparação. Contato físico terapêutico. Para o abraço, atravesso em três passos a sala para me encostar em Marla, que ergue os olhos para meu rosto enquanto vejo todas as outras pessoas irem atrás da cura.

Vamos todos, essa é a deixa, abraçar alguém perto de nós.

Meus braços se fecham em torno de Marla.

Essa noite, escolha alguém especial para você.

As mãos de cigarro de Marla estão pregadas à sua cintura.

Conte para essa pessoa como você se sente.

Marla não tem câncer no testículo. Não tem tuberculose. Não está morrendo. Tudo bem, daquele jeito filosófico de suplemento para o cérebro, todos nós estamos morrendo, mas Marla não está morrendo do jeito que Chloe estava morrendo.

Essa é a deixa, se permita.

Então, Marla, o que é que você acha disso?

Se permita por completo.

Então, Marla, cai fora. Cai fora. Cai fora.

Vá em frente e chore se precisar.

Marla ergue o olhar para me encarar. Seus olhos são castanhos. Os lóbulos de suas orelhas se franzem em torno de furos para brincos, sem brincos. Seus lábios rachados estão glaceados de pele morta.

Vá em frente e chore.

"Você também não está morrendo", diz Marla.

Em torno de nós, duplas estão soluçando, apoiadas uma na outra.

"Se você me dedurar", prossegue ela, "eu te deduro."

Então podemos dividir a semana, sugiro. Marla pode ficar com doença nos ossos, parasitas do cérebro e tuberculose. Eu fico com câncer no testículo, parasitas no sangue e demência cerebral orgânica.

Marla pergunta: "Mas e os cânceres colorretais?"

A garota fez a lição de casa.

Vamos dividir câncer intestinal. Ela fica com o primeiro e terceiro domingo de cada mês.

"Não", diz Marla. Não, ela quer todos. Os cânceres, os parasitas. Os olhos de Marla se estreitam. Ela nunca sonhou que podia se sentir tão mara. Ela de fato se sentia viva. Sua pele estava clareando. Durante toda a sua vida, ela nunca tinha visto uma pessoa morta. Não havia sensação verdadeira de vida porque ela não tinha nada com que a contrastar. Ah, então surgiu agonia e morte e pesar. Choro e estremecimento, terror e remorso. Agora que ela sabe aonde todos nós estamos indo, Marla sente cada momento de sua vida.

Não, ela não ia sair de grupo nenhum.

"Não, e voltar ao jeito como a vida era antes", diz Marla. "Eu trabalhava numa funerária para me sentir bem em relação a mim mesma, simplesmente pelo fato de eu estar respirando. E se eu não conseguir arrumar um trabalho na minha área?"

Então volta para a funerária, eu digo.

"Funerais não são nada comparados a isso", retruca ela. "São cerimônias abstratas. Aqui, você tem uma experiência real de morte."

As duplas em torno de nós dois estão enxugando as lágrimas, fungando, dando tapinhas nas costas um do outro e se separando.

Não podemos vir nós dois, digo a ela.

"Então não venha."

Eu preciso disso.

"Então vá a funerais."

Todas as outras pessoas se separaram e elas estão dando as mãos para a oração de encerramento. Eu a solto.

"Há quanto tempo você vem aqui?"

A oração de encerramento.

Dois anos.

Um homem na roda de oração segura a minha mão. Um homem segura a mão de Marla.

Essas orações começam e, em geral, fico sem fôlego. Ah, nos abençoe. Ah, nos abençoe em nossa raiva e nosso medo.

"Dois anos?", Marla inclina a cabeça para sussurrar.

Ah, nos abençoe e nos guarde.

Qualquer um que pode ter reparado em mim em dois anos ou morreu ou se recuperou e nunca voltou.

Nos ajude e nos ajude.

"Tá bom", diz Marla, "tá bom, tá bom, você pode ficar com câncer de testículo."

Big Bob, o grande molengão chorando todo em cima de mim. Obrigado.

Nos leve ao nosso destino. Nos traga paz.

"Não fale sobre isso."

Foi assim que conheci Marla.

5

O CARA DA FORÇA-TAREFA DE SEGURANÇA EXPLICOU TUDO PARA MIM.

Encarregados de bagagens podem ignorar uma mala com um tiquetaquear. O cara da força-tarefa de segurança, ele chamava os encarregados de bagagens de "arremessadores". Bombas modernas não tiquetaqueiam. Mas se for uma mala que vibra, os encarregados de bagagens, os arremessadores, têm de chamar a polícia.

Acabei indo morar com Tyler porque a maioria das companhias aéreas têm essa política sobre bagagens que vibram.

Meu voo de volta de Dulles, e eu tinha tudo naquela mala. Quando você viaja muito, aprende a levar as mesmas coisas para cada viagem. Seis camisas brancas. Duas calças pretas. O mínimo do mínimo que você precisa para sobreviver.

Despertador portátil.

Barbeador elétrico sem fio.

Escova de dentes.

Jogo de seis cuecas.

Jogo de seis pares de meias pretas.

Acontece que a minha mala estava vibrando no embarque de Dulles, de acordo com o cara da força-tarefa de segurança, então a polícia a tirou do voo. Tudo estava naquela mala. As coisas das minhas lentes de contato. Uma gravata vermelha com listras azuis. Uma gravata azul com listras vermelhas. Listras largas, não listrinhas finas. E uma gravata vermelha lisa.

Uma lista de todas essas coisas ficava pendurada na parte de dentro da porta do meu quarto em casa.

Eu morava em um apartamento no décimo quinto andar de um arranha-céu, uma espécie de gaveteiro para viúvas e jovens profissionais. O folheto de propaganda prometia trinta centímetros de piso, teto e parede de concreto entre mim e qualquer aparelho de som ou televisão alta. Trinta centímetros de concreto e ar condicionado, porque você não abre as janelas, então apesar do assoalho de bordo e dos interruptores com dimmer, todos os quinhentos e dezenove metros herméticos ficariam com o cheiro da última refeição que você cozinhou ou da sua última ida ao banheiro.

É, e havia os tampos de balcão de madeira que não riscam e trilhos de luz de baixa voltagem.

Ainda sim, trinta centímetros de concreto é importante quando sua vizinha de porta deixa a bateria do aparelho de audição acabar e precisa assistir a programas de competição no máximo. Ou quando uma erupção vulcânica de gás e destroços ardentes que costumavam ser seu conjunto de sala e objetos pessoais explode de suas janelas que vão do chão ao teto e caem singrando em chamas para deixar apenas o seu apartamento, apenas o seu, um buraco de concreto estripado e carbonizado na lateral do prédio.

Essas coisas acontecem.

Tudo, incluindo seu conjunto de pratos de vidro verde soprado artesanalmente com as bolhinhas minúsculas e imperfeições, pedacinhos de areia, prova de que foram feitos por pessoas aborígenes indígenas honestas, simples e que trabalham duro de onde quer que seja, bem, todos esses pratos estouram na explosão. Imagine as cortinas do chão ao teto pegando fogo até virarem trapos no vento quente.

Quinze andares sobre a cidade, tudo cai queimando e esmagando e estraçalhando o carro de todo mundo.

Eu, enquanto sigo para o oeste, durmo a 0.83 Mach ou 733 quilômetros por hora, velocidade verdadeira, e o FBI está fazendo uma varredura antibomba na minha mala em uma pista vazia lá em Dulles. Nove em dez vezes, segundo o cara da força-tarefa de segurança, a vibração é um barbeador elétrico. Era o meu barbeador elétrico sem fio. Um em dez vezes, é um vibrador.

O cara da força-tarefa de segurança me disse isso quando cheguei ao meu local de destino, sem a minha mala, onde eu estava prestes a tomar um táxi para casa e a encontrar meus lençóis de flanela transformados em trapos no chão.

Imagine, ainda segundo o cara da força-tarefa de segurança, contar para uma passageira na chegada que um vibrador segurou a bagagem dela na Costa Leste. Às vezes, é o passageiro. É política da companhia aérea não presumir propriedade no caso de um vibrador. Usa-se o artigo indefinido.

Um vibrador.

Nunca o seu vibrador.

Nunca, nunca dizer que o vibrador acidentalmente ligou sozinho.

Um vibrador automatizou e criou uma situação de emergência que exigiu a retirada de sua bagagem.

Estava chovendo quando acordei para minha conexão no Stapleton.

Estava chovendo quando acordei em nossa aproximação final de casa.

Um anúncio nos disse para por favor aproveitar a oportunidade e verificar em torno de nossos assentos quaisquer itens pessoais que possam ter sido esquecidos. Então o anúncio disse meu nome. Que eu por favor procurasse um representante da companhia aérea que esperava no portão.

Atraso meu relógio três horas, e ainda era depois da meia-noite.

Havia um representante da companhia aérea no portão e o cara da força-tarefa de segurança para dizer, ah, seu barbeador elétrico segurou sua bagagem despachada em Dulles. O cara da força-tarefa de segurança chamou os encarregados da bagagem de arremessadores. Depois os chamou de "os da rampa". Para provar que as coisas poderiam ser piores, me disse que pelo menos não era um vibrador. Depois, talvez por eu ser um cara e ele ser um cara e ser uma da madrugada, talvez para me fazer rir, falou que a gíria do ramo para comissário de bordo era "garçonete espacial". Ou "colchão de ar". Ele parecia usar um uniforme de piloto, camisa branca com pequenas dragonas e uma gravata azul. Minha bagagem tinha sido liberada, concluiu, e chegaria no dia seguinte.

O cara da segurança perguntou meu nome, endereço e número de telefone, depois perguntou qual era a diferença entre uma camisinha e uma cabine de avião.

"Você só consegue enfiar uma única banana em uma camisinha", respondeu ele.

Peguei um táxi para casa com meus últimos dez paus.

A polícia local vinha fazendo muitas perguntas, também.

Meu barbeador elétrico, que não era uma bomba, ainda estava três fusos horários atrás de mim.

Alguma coisa que era uma bomba, uma grande bomba, tinha explodido minhas mesinhas de centro Njurunda descoladas no formato de um yin verde-limão e de um yang laranja que se encaixavam para formar um círculo. Bem, viraram estilhaços.

Meu conjunto de sofás Haparanda com as capas laranjas, projetadas por Erika Pekkari, era lixo agora.

E eu não era o único escravo do meu instinto de aninhamento. As pessoas que iam ao banheiro com pornografia agora vão com o catálogo de móveis da IKEA.

Todos nós temos a mesma poltrona Johanneshov no padrão de listras verdes Strinne. A minha caiu quinze andares, queimando, dentro de um chafariz.

Todos nós temos as mesmas luminárias de papel Rislampa/Har feita de arame e papel não branqueado ecologicamente correto. As minhas viraram confete.

Tudo isso numa ida ao banheiro.

O faqueiro Alle. Aço inoxidável. Pode ir na máquina de lavar louça.

O relógio de parede Vild feito de aço galvanizado, ah, eu tinha que ter um desses.

A estante Klipsk, ah, sim.

As caixas de chapéu Hemlig. Isso.

A rua do lado de fora do meu prédio estava faiscando e salpicada com tudo isso.

O conjunto de colcha de retalhos Mommala. Design de Tomas Harila e disponível nas seguintes cores:

Orquídea.

Fúcsia.

Cobalto.

Ébano.

Azeviche.

Casca de ovo ou urze.

Levei a vida toda para comprar essas coisas.

A laca texturizada fácil de limpar de minhas mesas de apoio Kalix.

Minhas mesinhas de encaixar Steg.

Você compra móveis. Diz a si mesmo, esse é o último sofá de que vou precisar na vida. Compra o sofá, depois, por alguns anos, fica satisfeito que não importa o que dê errado, pelo menos resolveu aquela questão. Aí vem o jogo certo de pratos. A cama perfeita. As cortinas. O tapete.

E então se vê preso em seu adorável ninho, e as coisas que costumava possuir agora possuem você.

Até que cheguei em casa do aeroporto.

O porteiro sai das sombras para dizer que aconteceu um acidente. A polícia esteve aqui e fez muitas perguntas.

A polícia acha que talvez tenha sido o gás. Talvez a lâmpada piloto do forno tenha queimado ou uma boca tenha sido deixada aberta, vazando gás, e o gás subiu para o teto e encheu o apartamento até o teto em todos os cômodos. O apartamento tinha cento e cinquenta e oito metros quadrados com pé-direito alto e por dias e dias, o gás deve ter vazado até que cada cômodo estivesse cheio. Quando os cômodos estavam cheios até o chão, o compressor na base da geladeira estalou.

Detonação.

As janelas do chão ao teto em suas esquadrias de alumínio caíram e os sofás e as luminárias e os pratos e os conjuntos de lençol em chamas, e os anuários do ensino médio e os diplomas e o telefone. Tudo explodindo do décimo quinto andar em uma espécie de erupção solar.

Ah não, minha geladeira não. Eu tinha colecionado prateleiras cheias de mostardas diferentes, algumas em grãos, algumas em estilo de pub inglês. Havia catorze sabores diferentes de molho para salada zero por cento gordura e sete tipos de alcaparras.

Eu sei, eu sei, uma casa cheia de condimentos e nenhuma comida de verdade.

O porteiro assoou o nariz e alguma coisa foi parar no seu lenço com a bela chapada de um arremesso na luva do receptor.

Até era possível subir até o décimo quinto andar, segundo o porteiro, mas ninguém podia entrar no apartamento. Ordens da polícia. Perguntaram se eu tinha alguma ex-namorada que faria aquilo ou se tinha feito inimizade com alguém com acesso a dinamite.

"Não vale a pena subir", disse o porteiro. "Tudo que sobrou foi uma carapaça de concreto."

A polícia não tinha descartado incêndio criminoso. Ninguém tinha sentido cheiro de gás. O porteiro ergue uma sobrancelha. O cara passava o tempo flertando com as diaristas e enfermeiras que trabalhavam nos apartamentos grandes da cobertura e esperavam suas caronas nas poltronas do saguão depois do trabalho. Morei três anos ali, e o porteiro ainda ficava sentado lendo sua revista *Ellery Queen* toda noite enquanto eu trocava os pacotes e malas de mão para destrancar a porta da frente e entrar.

O porteiro ergue uma sobrancelha e diz que algumas pessoas fazem uma viagem longa e deixam uma vela, uma vela comprida, bem comprida, queimando em uma grande poça de gasolina. Pessoas com dificuldades financeiras fazem essas coisas. Pessoas que querem uma saída de uma situação complicada.

Perguntei se podia usar o telefone do saguão.

"Muita gente jovem tenta impressionar o mundo e compra coisas demais", disse o porteiro.

Liguei para Tyler.

O telefone tocou na casa alugada de Tyler na Paper Street.

Ah, Tyler, por favor, livrai-me.

E o telefone tocou.

O porteiro se inclinou em direção ao meu ombro e disse: "Muita gente jovem não sabe o que realmente quer."

Ah, Tyler, por favor, me salve.

E o telefone tocou.

"Gente jovem, eles acham que querem o mundo inteiro."

Livrai-me da mobília sueca.

Livrai-me da arte sabichona.

E o telefone tocou e Tyler atendeu.

"Se você não sabe o que quer", disse o porteiro, "acaba com muita coisa que não quer."

Que eu nunca seja completo.

Que eu nunca esteja satisfeito.

Que eu nunca seja perfeito.

Livrai-me, Tyler, de ser perfeito e completo.

Tyler e eu combinamos de nos encontrar num bar.

O porteiro me pediu um número de telefone em que a polícia poderia me contatar. Ainda chovia. Meu Audi estava parado no estacionamento, mas uma luminária de piso Dakapo halógena estava espatifada no para-brisas.

Tyler e eu nos encontramos e bebemos muita cerveja, e Tyler disse que sim, eu podia ir morar com ele, mas teria que fazer um favor.

No dia seguinte, minha mala chegaria com o mínimo do mínimo, seis camisas, seis cuecas.

Bêbado num bar onde ninguém estava olhando e ninguém ligaria, perguntei a Tyler o que ele queria que eu fizesse.

Tyler disse: "Quero que você me bata com o máximo de força que conseguir."

DUAS TELAS DEPOIS NA MINHA APRESENTAÇÃO PARA A MICROSOFT, sinto gosto de sangue e preciso começar a engolir. Meu chefe não estudou o material, mas não quer me deixar conduzir a apresentação com um olho roxo e metade da cara inchada por causa dos pontos na parte interna da bochecha. Os pontos abriram, e consigo senti-los com a língua encostada na parte de dentro da minha bochecha. Imagine linha de pesca emaranhada na praia. Consigo imaginá-los como os pontos pretos num cachorro depois que o consertaram, e continuo engolindo sangue. Meu chefe está fazendo a apresentação a partir do meu roteiro. Estou cuidando do projetor do laptop, então fico num canto da sala, no escuro.

Sinto os meus lábios ainda mais grudentos enquanto tento lamber o sangue para dentro e, quando as luzes se acenderem, vou me voltar para os consultores Ellen e Walter e Norbert e Linda da Microsoft e dizer, obrigado por terem vindo, minha boca brilhando de sangue e o sangue vazando pelas frestas entre os meus dentes.

Você consegue engolir quase meio litro de sangue antes de passar mal.

O clube da luta é amanhã, e não vou perder o clube da luta.

Antes da apresentação, Walter da Microsoft sorri com sua mandíbula que parece uma escavadora, como se ela fosse um instrumento de marketing bronzeado da cor de uma batata chips sabor barbecue. Walter com seu anel de sinete aperta a minha mão com a dele, lisa e macia, e diz: "Tem que ver como o outro cara ficou."

A primeira regra do clube da luta é não falar sobre o clube da luta.

Digo para Walter que caí.

Me machuquei sozinho.

Antes da apresentação, quando sentei na frente do meu chefe e mostrei onde no roteiro ficava a deixa de cada slide e quando eu queria passar o trecho do vídeo, ele respondeu: "No que é que você se mete todo fim de semana?"

Simplesmente não quero morrer sem algumas cicatrizes, digo. Ter um corpo bonito e padrão não significa mais nada. Vejo aqueles carros que brilham como licor de cereja, saídos do showroom de uma concessionária de 1955, e sempre penso, que desperdício.

A segunda regra do clube da luta é não falar sobre o clube da luta.

Talvez, no almoço, o garçom vá até a sua mesa com os dois olhos roxos, como um panda gigante, por causa do clube da luta do último fim de semana, quando você o viu com a cabeça espremida entre o chão de concreto e o joelho de um repositor de prateleiras de uns noventa quilos que não parava de esmurrar a ponte do nariz do garçom de novo e de novo em sons fortes uniformes e compactados que sobressaíam apesar de toda a gritaria, até que o garçom tomou fôlego o suficiente e cuspiu sangue e disse "para".

Você não diz nada porque o clube da luta só existe na hora em que começa e na hora em que termina.

Você viu o rapaz que trabalha na copiadora. Há um mês, ele, que não conseguia lembrar de perfurar um pedido ou colocar folhas coloridas entre as levas de cópias, mas esse rapaz foi um deus pelos dez minutos em que o viu deixar um executivo duas vezes maior que ele sem ar a base de chutes e partir para cima do homem e golpeá-lo até ficar mole, e foi quando o rapaz parou. Essa é a terceira regra do clube da luta: quando alguém diz para, ou fica mole, mesmo que esteja só fingindo, a luta termina. Toda vez que você vê esse rapaz, não pode dizer a ele a beleza que foi aquela luta.

Apenas dois caras por luta. Uma luta de cada vez. Lutam sem camisa ou sapatos. As lutas levam quanto tempo precisarem. Essas são as outras regras do clube da luta.

Quem os caras são no clube da luta não é quem eles são no mundo real. Mesmo se você dissesse ao rapaz da copiadora que ele teve uma beleza de luta, você não estaria falando com o mesmo homem.

Quem eu sou no clube da luta não é alguém que meu chefe conheça.

Depois de uma noite no clube da luta, tudo no mundo real fica com o volume mais baixo. Nada consegue te tirar do sério. Sua palavra é a lei e, se as outras pessoas infringirem essa lei ou o questionarem, você continua não saindo do sério.

No mundo real, sou um coordenador de campanha de recall que usa camisa de botão e gravata, sentado no escuro com a boca cheia de sangue, passando os slides projetados enquanto meu chefe diz à Microsoft como escolheu um tom particular de azul-pastel-centáurea-claro para um ícone.

O primeiro clube da luta foi só Tyler e eu batendo um no outro.

Antes, quando eu chegava em casa com raiva e sabendo que minha vida não estava alcançando o plano de cinco anos que tracei, bastava faxinar meu apartamento ou dar uma boa lavada no meu carro. Um dia, eu estaria morto sem nenhuma cicatriz e haveria um belo de um apartamento e de um carro. Muito, muito belos, até que a poeira assentasse ou até o próximo dono. Nada é estático. Até a *Mona Lisa* está desmoronando. Desde o clube da luta, sinto que metade dos meus dentes estão meio soltos.

Talvez crescimento pessoal não seja a resposta.

Tyler nunca conheceu o pai.

Talvez destruição pessoal seja a resposta.

Tyler e eu ainda vamos ao clube da luta, juntos. Fica no porão de um bar; depois que o estabelecimento fecha as portas sábado à noite, a cada semana, você vai e mais caras aparecem.

Tyler vai para debaixo da única luz no meio do porão escuro de concreto e percebe que aquela luz está bruxuleando de volta do escuro em cem par de olhos. A primeira coisa que Tyler grita é: "A primeira regra do clube da luta é não falar sobre o clube da luta.

"A segunda regra do clube da luta", continua aos gritos, "é não falar sobre o clube da luta."

Já eu, conheci meu pai por uns seis anos, mas não me lembro de nada. Meu pai começava uma nova família em uma nova cidade mais ou menos a cada seis anos. O que parece mais com montar uma franquia do que família.

O que você vê no clube da luta é uma geração de homens criados por mulheres.

Parado debaixo da única luz na escuridão depois da meia-noite em um porão cheio de homens, Tyler repassa as outras regras: dois homens por luta, uma luta de cada vez, sem sapatos nem camisas, as lutas duram quanto tempo precisarem.

"E a sétima regra", grita Tyler, "se essa é a sua primeira noite no clube da luta, você tem quem lutar."

O clube da luta não é como futebol americano na televisão. Você não está assistindo a um bando de homens que não conhece do outro lado do mundo socando um ao outro ao vivo por satélite com um delay de dois minutos, com comerciais oferecendo cerveja a cada dez minutos e uma pausa para a identificação do canal. Depois de ter ido ao clube da luta, assistir a futebol americano na televisão é assistir pornografia quando você poderia estar transando gostoso.

O clube da luta passa a ser a razão para ir à academia e manter o cabelo curto e as unhas cortadas. As academias estão lotadas de caras tentando parecer homens, como se ser um homem significasse ter a aparência que um escultor ou um diretor de arte dita.

Segundo Tyler, até um suflê parece bombado.

Meu pai nunca foi para a faculdade, então era muito importante que eu fosse. Depois da faculdade, fiz um interurbano para ele e perguntei: e agora?

Meu pai não sabia.

Quando consegui um emprego e fiz vinte e cinco anos, fiz outro interurbano e perguntei: e agora? Meu pai não sabia, então respondeu: se case.

Sou um menino de trinta anos de idade, e estou me perguntando se outra mulher é realmente a resposta de que preciso.

Não dá para exprimir em palavras o que acontece no clube da luta. Alguns caras precisam de uma luta toda semana. Essa semana, Tyler diz que serão só os primeiros cinquenta caras a passar pela porta e pronto. Chega.

Semana passada, cutuquei um cara e eu e ele entramos na lista para uma luta. Esse cara deve ter tido uma semana ruim. Ele torceu os meus braços atrás da minha cabeça num gancho e bateu minha cara no chão de concreto até meus dentes rasgarem a parte interna da minha bochecha e meu olho fechar de tão inchado e sangrar. Então eu disse: para. Consegui olhar para baixo e ver como se fosse um carimbo de sangue de metade da minha cara no chão.

Tyler ficou do meu lado, nós dois olhando para a mancha de sangue que mostrava o grande O em torno da minha boca e a pequena fenda do meu olho, e Tyler diz: "Legal."

Eu aperto a mão do cara e digo: boa luta.

O cara pergunta: "Que tal semana que vem?"

Tento sorrir apesar de todo o inchaço e digo: olha só pra mim. Que tal mês que vem?

Você não se sente tão vivo em nenhum outro lugar como se sente vivo no clube da luta. Quando é você e outro cara debaixo daquela única luz no meio de todos aqueles homens assistindo. O clube da luta não tem a ver com ganhar ou perder lutas, não tem a ver com palavras. Você vê um cara ir ao clube da luta pela primeira vez, e a bunda dele é um pacote de pão branco. Vê esse mesmo cara seis meses depois, e parece que ele foi esculpido em madeira. Ele confia em si mesmo para lidar com qualquer coisa. Há grunhidos e barulho no clube da luta como na academia, mas o clube da luta não tem a ver com boa aparência. Há gritos histéricos em línguas como na igreja, e quando você acorda domingo à tarde você se sente salvo.

Depois da minha última luta, o cara que lutou comigo passou pano no chão enquanto eu ligava para o meu plano de saúde para pré-aprovar uma ida à emergência. No hospital, Tyler diz a eles que eu caí.

Às vezes, Tyler fala por mim.

Fiz isso sozinho.

Do lado de fora, o sol estava nascendo.

Você não fala sobre o clube da luta porque, exceto pelas cinco horas, de duas às sete na manhã de domingo, ele não existe.

Quando inventamos o clube da luta, Tyler e eu nunca tínhamos nos metido em uma luta. Se nunca se meteu em uma luta, você se pergunta.

Sobre se machucar, sobre o que você é capaz de fazer contra outro homem. Fui o primeiro cara com quem Tyler já tinha se sentido seguro o bastante para pedir, e nós dois estávamos bêbados num bar onde ninguém se importaria. Por isso, Tyler disse: "Quero que me faça um favor. Quero que bata em mim com o máximo de força que conseguir."

Eu não queria fazer isso, mas Tyler explicou tudo, sobre não querer morrer sem nenhuma cicatriz, sobre estar cansado de assistir apenas profissionais lutando e sobre querer conhecer mais a si próprio.

Sobre destruição pessoal.

Na época, a minha vida parecia tão completa, e talvez a gente precise quebrar tudo para nos transformar em alguma coisa melhor.

Olhei em volta e disse: tá bom, mas lá fora, no estacionamento.

Então a gente saiu, e perguntei se Tyler queria que fosse na cara ou na barriga.

Tyler respondeu: "Me surpreenda."

Contei que nunca tinha batido em ninguém.

Tyler retrucou: "Então use a imaginação, cara."

Instruí: fecha o olho.

Tyler disse: "Não."

Como todo cara na sua primeira noite no clube da luta, respirei fundo e dei meu primeiro soco giratório na mandíbula de Tyler como todo filme de caubói que já vimos, e meu punho se chocou com a lateral do pescoço de Tyler.

Merda, comentei, esse não contou. Quero tentar de novo.

Tyler disse "Contou sim" e me acertou, direto, *pá*, como se fosse uma luva de boxe presa a uma mola num desenho animado do tipo transmitido nas manhãs de domingo, bem no meio do meu peito. Eu caí para trás e bati num carro. Nós dois ficamos lá parados, Tyler esfregando a lateral do pescoço e eu com uma mão no peito, nós dois sabendo que tínhamos ido a um lugar a que nunca tínhamos ido e, como o gato e o rato nos desenhos animados, ainda estávamos vivos e queríamos ver até onde poderíamos levar essa coisa e ainda estar vivos.

Tyler disse: "Legal."

Eu disse: me bate de novo.

Tyler retrucou: "Não, me bate você."

Então eu bati, um soco circular amplo e sem jeito à direita, bem embaixo da orelha de Tyler, que me empurrou para trás e pisou no meu estômago. O que aconteceu em seguida e depois daquilo não aconteceu em palavras, mas o bar fechou e as pessoas saíram e ficaram gritando a nossa volta no estacionamento.

Em vez de Tyler, finalmente senti que podia lidar com tudo no mundo que não funcionava, minha roupa que voltava da lavanderia com os botões do colarinho quebrados, o banco que diz que estou centenas de dólares no vermelho. Meu chefe, que entrou no meu computador e mexeu nos meus comandos de execução do DOS. E Marla Singer, que me roubou os grupos de apoio.

Nada estava resolvido quando a luta acabou, mas nada importava.

A primeira noite que lutamos foi um sábado. Tyler não tinha se barbeado o fim de semana inteiro, então os nós dos meus dedos ficaram esfolados por causa da barba por fazer dele. Deitados de costas no estacionamento, encarando a única estrela que apareceu por meio das luzes dos postes, perguntei a Tyler contra o que ele tinha lutado.

Tyler disse que tinha sido contra o pai dele.

Talvez não precisássemos de um pai para nos completar. Não existe nada pessoal sobre a pessoa com quem você luta no clube da luta. Só luta por lutar. Você não deveria falar sobre o clube da luta, mas nós falamos, e, nas semanas seguintes, caras se reuniam naquele estacionamento depois que o bar tinha fechado. Quando ficou frio, outro bar ofereceu o porão onde nos reunimos agora.

Quando o clube da luta se reúne, Tyler diz as regras que ele e eu estabelecemos. "A maioria de vocês", grita Tyler no cone de luz no meio do porão cheio de homens, "está aqui porque alguém quebrou as regras. Alguém falou para vocês sobre o clube da luta."

E continua: "Bem, é melhor pararem de falar ou é melhor começarem outro clube porque colocamos os nomes de vocês numa lista quando chegam aqui, e semana que vem só os primeiros cinquenta nomes da lista entram. Se entrar, você organiza a sua luta na mesma hora, se quiser lutar. Se não quiser lutar, tem alguns caras que querem, então talvez seja melhor você simplesmente ficar em casa."

"Se essa é sua primeira noite no clube da luta", grita Tyler, "você tem que lutar."

A maioria dos caras está no clube da luta porque existe alguma coisa contra a qual têm medo demais de lutar. Depois de algumas noites, o medo diminui.

Muitos melhores amigos se conhecem no clube da luta. Agora vou a reuniões ou conferências e vejo caras em mesas de reunião, contadores e executivos júnior ou advogados com o nariz quebrado se esparramando como uma berinjela sob as beiradas dos curativos ou com alguns pontos debaixo de um olho ou uma mandíbula meio torta. Esses são jovens tranquilos que escutam até chegar a hora de decidir.

Nós assentimos um para o outro.

Mais tarde, meu chefe vai me perguntar como conheço tantos desses caras.

De acordo com meu chefe, há cada vez menos cavalheiros no negócio e mais brutamontes.

A apresentação continua.

Walter da Microsoft chama minha atenção. Eis um jovem com dentes perfeitos e pele clara e o tipo de emprego sobre o qual você se dá ao trabalho de escrever para a revista de ex-alunos dizendo que conseguiu. Você sabe que ele era novo demais para lutar em qualquer guerra e, se os pais dele não eram divorciados, o pai dele não parava em casa, e lá está ele olhando para minha cara metade bem barbeada, metade marcada por um hematoma de soslaio escondido no escuro. Sangue brilhando nos meus lábios. E talvez Walter esteja pensando na reunião informal em que se leva comes e bebes sem carne e sem dor a que ele foi no fim de semana passado ou na camada de ozônio ou na necessidade desesperada da Terra de acabar com a cruel testagem de produtos em animais, mas é provável que não esteja.

7

EM UMA MANHÃ, UMA CAMISINHA USADA está boiando como água-viva na privada.

É assim que Tyler conhece Marla.

Levanto para dar uma mijada e lá, contra as espécies de pinturas rupestres de sujeira na privada, está isso. Você tem de se perguntar o que é que os espermas pensam.

Isso?

Essa é a cúpula vaginal?

O que está acontecendo aqui?

Sonhei a noite inteira que estava trepando com Marla Singer. Marla Singer fumando seu cigarro. Marla Singer revirando os olhos. Acordo sozinho na minha cama e a porta do quarto do Tyler está fechada. A porta do quarto dele nunca está fechada. Choveu a noite inteira. As telhas de madeira no telhado formam bolhas, empenam, se curvam, e a chuva entra e se acumula em cima do gesso do teto e pinga pelos bocais das lâmpadas.

Quando está chovendo, precisamos desligar os fusíveis. Não ousamos nem acender as luzes. A casa alugada por Tyler tem três andares e um porão. Andamos carregando velas. Há despensas e varandas teladas em que se pode dormir e vitrais no patamar da escadaria. Há janelas salientes com assentos na sala. As molduras dos rodapés são entalhadas e envernizadas e têm quarenta e cinco centímetros de altura.

A chuva goteja pela casa, e tudo de madeira incha e encolhe, e os pregos em tudo que é de madeira, os pisos e os rodapés e os caixilhos das janelas, os pregos vão expelindo pouco a pouco e enferrujam.

Tem pregos enferrujados por toda parte, dá para pisar neles ou arranhar o cotovelo, e só tem um único banheiro para os sete quartos, e nele agora tem uma camisinha usada.

A casa está esperando alguma coisa, uma mudança de zoneamento ou um testamento a ser legitimado, e então vai ser derrubada. Perguntei a Tyler há quanto tempo ele está aqui, e ele respondeu que mais ou menos seis semanas. Antes da aurora dos tempos, houve um proprietário que colecionou pilhas de uma vida inteira de *National Geographic* e de *Reader's Digest*. Grandes pilhas instáveis de revistas que ficam mais altas sempre que chove. Tyler diz que o último locatário dobrava as páginas brilhantes das revistas para fazer pacotes de cocaína. Não há fechadura na porta da frente, a polícia ou quem quer que seja arrombou para entrar. Há nove camadas de papel de parede inchando nas paredes da sala de jantar, flores sob listras sob flores sob pássaros sob textura de tecido.

Nossos únicos vizinhos são uma oficina fechada e, do outro lado da rua, um armazém do tamanho de todo o comprimento do quarteirão. Dentro da casa, tem um armário com pouco mais de dois metros de enrolador para enrolar toalhas de mesa adamascadas de modo que elas nunca precisem ser dobradas. Há um armário para casacos de pele revestido de cedro e refrigerado. O azulejo no banheiro é pintado com florezinhas mais finas do que a maioria da porcelana de casamento de todo mundo, e tem uma camisinha usada na privada.

Estou morando com Tyler há mais ou menos um mês.

Tyler surge para tomar café da manhã cheio de chupões por todo o pescoço e o peito enquanto dou uma lida numa revista *Reader's Digest* velha. Essa é a casa perfeita para traficar drogas. Não há vizinhos. Não há mais nada na Paper Street, exceto armazéns e a fábrica de celulose. O cheiro de peido do vapor da fábrica de celulose, e o cheiro de gaiola de hamster das lascas de madeira em pirâmides laranja em volta da fábrica. Essa é a casa perfeita para traficar drogas porque uma porrada de zilhões de caminhões passam pela Paper Street todos os dias, mas, à noite, não há ninguém num raio de oitocentos metros.

Encontrei pilhas e pilhas de *Reader's Digest* no porão e agora tem um monte delas em cada cômodo.

A Vida Nestes Estados Unidos.

A Risada É o Melhor Remédio.

Pilhas de revistas são praticamente a única mobília.

Nas revistas mais antigas, há uma série de artigos em que órgãos do corpo humano falam de si mesmos na primeira pessoa: Sou o útero da Jane.

Sou a Próstata do Joe.

Sem brincadeira. Tyler se senta à mesa da cozinha com seus chupões e sem camisa e diz blá-blá-blá-blá-blá, ele conheceu Marla Singer ontem à noite e eles transaram.

Ao ouvir isso, sou a Vesícula Biliar do Joe. Tudo isso é culpa minha. Às vezes você faz uma coisa e se fode. Às vezes são as coisas que não faz que fodem você.

Ontem à noite, liguei para Marla. Nós inventamos um sistema, então se eu quiser ir a um grupo de apoio, posso ligar e ver se Marla pretende ir. Melanoma era ontem à noite, e eu estava um pouco para baixo.

Marla mora no Regent Hotel, que não passa de tijolos marrons unidos com sordidez, onde todos os colchões estão selados dentro de capas escorregadias de plástico, de tantas pessoas que vão lá para morrer. Caso se sente em qualquer cama do jeito errado, você e os lençóis e o cobertor escorregam direto para o chão.

Liguei para Marla no Regent Hotel para ver se ela ia ao Melanoma.

Marla atendeu em *slow-motion*. Não era um suicídio pra valer, Marla disse, provavelmente só uma daquelas coisas de pedido de ajuda, mas ela tinha tomado Xanax demais.

Imagine ir até o Regent Hotel para assistir a Marla se jogar pelo quarto miserável dizendo: Estou morrendo. Morrendo. Estou morrendo. Morrendo. Mor-ren-do. Morrendo.

Isso ia continuar por horas.

Então ela ia ficar em casa hoje à noite, certo?

Ela ia atrás da grande morte, Marla me disse. Era melhor me apressar se eu quisesse assistir.

Poxa, valeu, respondi, mas tinha outros planos.

Tá bom, retrucou Marla, ela poderia simplesmente morrer assistindo à televisão. Só esperava que tivesse algo que valesse a pena assistir.

E eu corri para o Melanoma. Voltei para casa cedo. Dormi.

E agora, no café da manhã no dia seguinte, Tyler está sentado coberto de chupões e diz que Marla é uma vadia pirada, mas que ele gosta bastante disso.

Depois do Melanoma ontem à noite, vim para casa, fui para a cama e dormi. E sonhei que estava comendo, comendo, comendo Marla Singer.

E hoje de manhã, ouvindo Tyler, finjo estar lendo a *Reader's Digest*. Uma vadia pirada, eu poderia ter te dito isso. *Reader's Digest*. Humor de Uniforme.

Sou o Ducto Biliar Enfurecido do Joe.

As coisas que Marla disse para ele ontem à noite, conta Tyler. Nenhuma garota tinha falado com ele daquele jeito antes.

Sou o Ranger de Dentes do Joe.

Sou as Narinas Abertas Inflamadas do Joe.

Depois que transaram umas dez vezes, comenta Tyler, Marla disse que queria engravidar, que queria ter um aborto do Tyler.

Sou os Nós dos Dedos Brancos do Joe.

Óbvio que Tyler cairia nessa. Na noite antes da de ontem, ele ficou acordado sozinho, emendando orgasmos em *Branca de Neve*.

Como é que eu poderia competir pela atenção do Tyler.

Sou o Sentimento de Rejeição Enraivecido e Inflamado do Joe.

O pior é que é tudo culpa minha. Depois que fui dormir ontem à noite, Tyler me conta que chegou em casa do seu turno de garçom de bufê de luxo, e Marla ligou de novo do Regent Hotel. A hora tinha chegado, afirmou ela. O túnel, a luz que a guiava pelo túnel. A experiência de morte era tão legal, Marla queria que eu a ouvisse descrevê-la enquanto saía do corpo e flutuava.

Marla não sabia se seu espírito conseguia usar o telefone, mas ela queria alguém para pelo menos ouvir seu último suspiro.

Não, mas não, Tyler atende o telefone e entende errado toda a situação.

Eles não se conheciam, então Tyler acha que é uma coisa ruim que Marla esteja prestes a morrer.

Não é nada do tipo.

Tyler não tem nada a ver com isso, mas Tyler chama a polícia e Tyler corre para o Regent Hotel.

Agora, de acordo com o antigo costume chinês que todos nós aprendemos com a televisão, Tyler é responsável por Marla, para sempre, porque ele salvou a vida dela.

Se eu tivesse só perdido alguns minutos e ido assistir a Marla morrer, nada disso teria acontecido.

Tyler me conta que Marla mora no quarto 8G, no último andar do Regent Hotel, subindo oito lances de escada e no fim de um corredor barulhento de risadas gravadas de televisão saindo pelas portas. A cada intervalo de alguns segundos uma atriz grita ou atores morrem numa saraivada de balas. Tyler chega ao fim do corredor e, mesmo antes de bater, um braço amarelado e descorado muito, muito fino estilinga porta afora do quarto 8G, agarra o pulso dele e o fisga para dentro.

Eu me enterro numa *Reader's Digest*.

Mesmo enquanto Marla o fisga para dentro do quarto, Tyler consegue ouvir freadas guinchando e sirenes se reunindo na frente do Regent Hotel. Na penteadeira, tem um vibrador feito do mesmo plástico rosado e macio que um milhão de bonecas Barbie e, por um instante, Tyler consegue imaginar milhões de bonecas bebezões e de bonecas Barbie e vibradores moldados por injeção e saindo da mesma linha de montagem em Taiwan.

Marla olha para Tyler olhando o vibrador dela, revira os olhos e diz: "Não precisa ter medo. Não é uma ameaça para você."

Marla empurra Tyler de volta para o corredor e diz que sente muito, mas ele não devia ter ligado para a polícia e que provavelmente era a polícia chegando lá embaixo.

Ela vai para o corredor, tranca a porta do 8G e empurra Tyler em direção à escada. Lá, os dois se espremem na parede enquanto a polícia e os paramédicos arremetem com oxigênio, perguntando qual porta é o 8G.

Marla diz a eles que é a porta no fim do corredor.

Marla grita para a polícia que a garota que mora no 8G costumava ser adorável e charmosa, mas é uma monstra, uma vadia monstra. A garota é um lixo humano contagioso, e está confusa e com medo de se comprometer com a coisa errada, então ela não se compromete com nada.

"A garota do 8G não tem fé em si mesma", grita Marla, "e está preocupada que, à medida que ficar mais velha, vai ter cada vez menos opções!"

Marla grita: "Boa sorte."

A polícia se amontoa na porta trancada do 8G, e Marla e Tyler descem correndo para o saguão. Atrás deles, um policial está gritando na porta:

"Deixe a gente te ajudar! Srta. Singer, você tem todas as razões para viver! Só deixe a gente entrar, Marla, e podemos te ajudar com os seus problemas!"

Marla e Tyler saíram correndo para a rua. Tyler a colocou num táxi, e lá no alto do oitavo andar do hotel, dava para ver as sombras indo e vindo pelas janelas do quarto.

Na rodovia com todos os faróis e os outros carros, seis pistas de tráfego correndo em direção ao ponto de fuga, Marla diz a Tyler que ele tem de mantê-la acordada a noite toda. Se ela cair no sono, vai morrer.

Muitas pessoas a queriam morta, disse ela. Essas pessoas já estavam mortas e do outro lado, e à noite telefonavam. Marla ia a bares e ouvia o bartender chamar o nome dela e, quando ela atendia o telefonema, a linha estava dando ocupado.

Tyler e Marla, eles ficaram acordados quase a noite toda no quarto ao lado do meu. Quando Tyler acordou, Marla tinha desaparecido, voltado para o Regent Hotel.

Digo para Tyler que Marla Singer não precisa de um caso de amor, precisa de um assistente social.

Tyler diz: "Não chame isso de *amor*."

Para resumir a história, agora Marla está determinada a arruinar outra parte da minha vida. Desde a faculdade, eu faço amigos. Eles se casam. Eu perco amigos.

Certo.

Legal, eu digo.

Tyler pergunta se isso é um problema para mim.

Sou os Intestinos Se Contorcendo do Joe.

Não, eu digo, tudo certo.

Encoste uma arma na minha cabeça e pinte a parede com os meus miolos.

Que ótimo, eu digo. De verdade.

MEU CHEFE ME MANDA PARA CASA POR CAUSA DE TODO O SANGUE SECO

na minha calça, mas estou radiante.

O buraco na minha bochecha nunca sara. Estou indo para o trabalho, e as órbitas socadas dos meus olhos são dois bagels pretos e inchados em torno dos buraquinhos para mijar que me sobraram para enxergar. Até hoje, realmente me emputecia que eu tinha virado esse mestre zen total e ninguém notou. Ainda assim, estou fazendo a coisinha do FAX. Escrevo coisinhas de HAICAI e mando por FAX para todo mundo. Quando cruzo com pessoas no corredor do trabalho, fico totalmente ZEN bem na CARINHA hostil de todo mundo.

Abelhas se vão
Os zangões podem voar
Rainha-serva

Você abre mão de suas posses mundanas e seu carro e vai morar numa casa alugada na parte lixo tóxico da cidade onde, tarde da noite, é possível ouvir Marla e Tyler no quarto dele, um chamando o outro de paninho de bunda humano.

Toma essa, paninho de bunda humano.

Vai, paninho de bunda.

Engole. Não cospe, gata.

Em compensação, isso me torna o pequeno centro calmo do mundo. Eu, com meus olhos roxos e manchas de sangue seco em crostas na calça, estou dizendo OLÁ para todo mundo no trabalho. OLÁ! Olha pra mim. OLÁ! Estou tão ZEN. Isso é SANGUE. Isso não é NADA. Olá. Tudo não é nada, e é tão legal ser ILUMINADO. Como eu.

Suspiro.

Olha. Do lado de fora da janela. Um pássaro.

Meu chefe perguntou se aquele sangue era meu.

O pássaro voa a favor do vento. Estou escrevendo um pequeno haicai na minha cabeça.

Ave sem ninho
O mundo é a casa
A vida é a carreira

Estou contando nos dedos: cinco, sete, cinco.

O sangue, é meu?

É, eu digo. Parte dele.

Essa é uma resposta errada.

Como se isso fosse grande coisa. Tenho duas calças pretas. Seis camisas brancas. Seis cuecas. O mínimo do mínimo. Vou para o clube da luta. Essas coisas acontecem.

"Vai pra casa", diz meu chefe. "Troque de roupa."

Estou começando a me perguntar se Tyler e Marla são a mesma pessoa. Exceto pelas trepadas, toda noite no quarto de Marla.

Fodendo.

Fodendo.

Fodendo.

Tyler e Marla nunca estão no mesmo cômodo. Nunca os vejo juntos.

Ainda assim, você nunca vê Zsa Zsa Gabor e eu juntos, e isso não quer dizer que somos a mesma pessoa. Tyler apenas não aparece quando Marla está por perto.

Para que eu possa lavar minha calça, Tyler tem que me mostrar como fazer sabão. Tyler está no andar de cima, e a cozinha está cheirando a cravo e cabelo queimado. Marla está na mesa da cozinha, queimando a parte interna do braço com um cigarro de cravo chamando a si mesma de paninho de bunda humano.

"Eu abraço minha própria corrupção doente apodrecida", Marla diz para a brasa no fim do seu cigarro. Marla gira o cigarro na barriguinha branca e macia do próprio braço. "Queima, bruxa, queima."

Tyler está no meu quarto, no andar de cima, olhando os dentes no espelho, e diz que arranjou um trabalho para mim como garçom de bufê de luxo, meio período.

"No Pressman Hotel, se você conseguir trabalhar à noite", diz Tyler. "O trabalho vai atiçar seu ódio de classe."

Tá, digo, tanto faz.

"Eles fazem você usar uma gravata-borboleta preta", diz Tyler. "Pra trabalhar lá você só precisa de uma camisa branca e uma calça preta."

Sabão, Tyler. A gente precisa de sabão. Precisa fazer sabão. Eu preciso lavar as minhas calças.

Seguro os pés do Tyler enquanto ele faz duzentos abdominais.

"Pra fazer sabão, tem que derreter gordura." Tyler é cheio de informações úteis.

Exceto pelas trepadas, Marla e Tyler nunca estão no mesmo cômodo. Se Tyler está por perto, Marla o ignora. Esse é um terreno conhecido. É exatamente assim que meus pais se comportavam um com o outro. Depois, meu pai foi embora para começar mais uma franquia.

Meu pai sempre dizia: "Se casa antes do sexo ficar chato, ou você nunca vai se casar."

Minha mãe dizia: "Nunca compre nada com zíper de nylon."

Meus pais nunca diziam nada que você ia querer bordar numa almofada.

Tyler faz cento e noventa e oito abdominais. Cento e noventa e nove. Duzentos.

Tyler está usando uma espécie de roupão de flanela pegajoso e calça de moletom. "Tira Marla da casa", diz Tyler. "Manda ela no mercado comprar uma lata de soda cáustica. Soda cáustica que vem em escamas. Não a granulada. Só some com ela."

Eu, eu tenho seis anos, de novo, e estou levando mensagens entre meus pais que não se falam. Eu odiava isso quando tinha seis anos. Odeio isso agora.

Tyler começa a fazer elevação de pernas e desço para dizer para Marla: soda cáustica do tipo de escamas. Entrego para ela uma nota de dez dólares e o meu vale-transporte para o ônibus. Marla ainda está sentada na mesa da cozinha, e eu arranco o cigarro de cravo dos dedos dela. Bem tranquilinho. Com um pano de prato, limpo as marcas enferrujadas no braço dela, onde as cascas queimadas racharam e começaram a sangrar. Então enfio cada um dos pés dela num sapato de salto.

Marla baixa o olhar para mim fazendo minha coreografia de Príncipe Encantado com seus sapatos e diz: "Entrei sozinha. Não sabia que tinha alguém em casa. Sua porta da frente não tranca."

Não digo nada.

"Sabe, a camisinha é o sapatinho de cristal da nossa geração. Você coloca quando conhece um estranho. Dança a noite inteira, depois joga fora. A camisinha, quero dizer. Não o estranho."

Não estou falando com Marla. Ela pode se meter nos grupos de apoio e com Tyler, mas não vai ser minha amiga de jeito nenhum.

"Estou esperando você aqui a manhã inteira."

Flores vêm e vão
No vento borboletas
A pedra não vê

Marla levanta da mesa da cozinha. Está usando um vestido azul sem manga feito de algum material brilhante. Ela fisga a barra da saia e a levanta para eu ver os pequenos pontos de costura na parte de dentro. Ela não está de calcinha. Ela pisca.

"Eu queria te mostrar meu vestido novo", diz Marla. "É um vestido de dama de honra de casamento e foi todo costurado a mão. Gostou?

O bazar beneficente o vendeu por um dólar. Alguém deu todos esses pontinhos minúsculos só para fazer esse vestido tão, tão feio", comenta. "Dá pra acreditar?"

A saia é mais comprida de um lado do que do outro, e a cintura do vestido orbita baixa em torno dos quadris de Marla.

Antes de sair para ir à loja, Marla ergue a saia com a ponta dos dedos e meio que dança em torno de mim e da mesa da cozinha, sua bunda pairando dentro da saia. O que Marla adora, diz ela, são todas as coisas que as pessoas amam intensamente e jogam fora uma hora ou um dia depois. Do jeito que uma árvore de Natal é o centro das atenções e aí, depois do Natal, você vê todas aquelas árvores mortas com os enfeites cintilantes ainda nelas, descartadas na beira da estrada. Vê aquelas árvores e pensa em animais atropelados na estrada ou vítimas de crimes sexuais usando a roupa íntima do avesso e presas com fita preta isolante.

Eu só quero ela fora daqui.

"O lugar de Controle de Animais é o melhor lugar para ir", diz Marla. "Onde todos os animais, os cachorrinhos e os gatinhos que as pessoas amaram e depois largaram, até os animais velhos, dançam e pulam para chamar a sua atenção porque depois de três dias, eles recebem uma injeção com uma overdose de fenobarbital sódico e depois vão para dentro do grande forno de animais de estimação.

"O grande sono, estilo *Vale dos cachorros*.

"Onde, mesmo que alguém te ame o bastante para salvar a sua vida, ainda te castra." Marla olha para mim como se fosse eu que estivesse trepando com ela e diz: "Não dá pra ganhar com você, dá?"

Marla sai pela porta dos fundos cantando aquela música sinistra do *Vale das bonecas*.

Eu só a encaro indo embora.

Há um, dois, três instantes de silêncio até que Marla toda tenha saído do cômodo.

Eu me viro, e Tyler apareceu.

Tyler pergunta: "Você se livrou dela?"

Nenhum som, nenhum cheiro, Tyler simplesmente apareceu.

"Primeiro", diz Tyler e salta da entrada da cozinha, fuçando o congelador. "Primeiro, precisamos derreter um pouco de gordura."

Sobre meu chefe, Tyler me diz, se eu estiver com raiva de verdade, devia ir ao correio e preencher um cartão de mudança de endereço e fazer com que toda a correspondência dele seja encaminhada para Rugby, Dakota do Norte.

Tyler começa a tirar saquinhos de sanduíche de uma coisa branca congelada e a jogá-los na pia. Eu, sou eu quem deve colocar uma grande panela no fogão e encher quase toda ela de água. Água de menos, e a gordura vai escurecer quando se separar em sebo.

"Essa gordura", comenta Tyler, "tem muito sal, então quanto mais água, melhor."

Coloque a gordura na água, e bote a água para ferver.

Tyler espreme a coisa branca de cada saquinho na água, e depois Tyler enterra os pacotes vazios bem no fundo do lixo.

Tyler diz: "Use um pouco de imaginação. Lembre de toda aquela merda dos pioneiros que te ensinaram nos escoteiros. Lembre da aula de química do ensino médio."

É difícil imaginar Tyler nos escoteiros.

Outra coisa que eu poderia fazer, segundo Tyler, é que eu poderia ir de carro uma noite até a casa do meu chefe e conectar uma mangueira em uma torneira externa. Ligar a mangueira a uma bomba manual e injetar o encanamento da casa com uma carga de tinta industrial. Vermelha ou azul ou verde, e esperar para ver como meu chefe ficaria no dia seguinte. Ou, eu podia apenas ficar no meio dos arbustos e bombear a bomba manual até que o encanamento estivesse superpressurizado em uma pressão de 7,7 quilos. Assim, quando alguém for dar descarga, a caixa do vaso sanitário vai explodir. Com uma pressão de 10,5 quilos, se alguém ligar o chuveiro, a pressão da água vai fazer o chuveiro explodir, arrancar os fios e *bum*, o chuveiro vira um cartucho mortal.

Tyler só diz isso para fazer eu me sentir melhor. A verdade é que eu gosto do meu chefe. Além disso, estou iluminado agora. Sabe, só comportamento estilo Buda. Crisântemo-aranha. O Sutra do Diamante e o Penhasco Azul. Hari Rama, sabe, Krishna, Krishna. Sabe, iluminado.

“Enfiar penas no seu cu”, diz Tyler, “não faz de você uma galinha.”

Enquanto a gordura derrete, o sebo sobe para a superfície da água fervente.

Ah, eu digo, então estou enfiando penas do meu cu.

Como se Tyler com queimaduras de cigarro subindo pelos braços fosse uma alma muito evoluída. Senhor e Senhora Paninho de Bunda Humano. Eu acalmo meu rosto e me transformo em uma daquelas pessoas vacas hindus indo para o abate nos cartões de procedimentos de emergência das companhias aéreas.

Diminuir o fogo da panela.

Eu misturo a água fervente.

Cada vez mais sebo vai subir até que a água fique coberta de uma camada madrepérola irisada. Use uma colher grande para escumar a camada, e a reserve.

Então, eu digo, como a Marla está?

Tyler diz: “Pelo menos ela está tentando chegar ao fundo do poço.”

Eu misturo a água fervente.

Continue escumando até mais nenhum sebo subir. Isso é o sebo que estamos escumando da água. Sebo bom e limpo.

Tyler diz que não estou nem perto de chegar ao fundo do poço, ainda. E se eu não cair totalmente, não posso ser salvo. Jesus fez isso com a coisa da crucificação dele. Eu não devia simplesmente abandonar dinheiro e propriedade e conhecimento. Isso não é apenas um retiro de fim de semana. Eu devia correr do crescimento pessoal, e devia estar correndo em direção ao desastre. Não posso mais não me arriscar.

Isso não é um seminário.

“Se você se apavorar antes de chegar ao fundo”, diz Tyler, “nunca vai ter êxito de verdade.”

Só depois de um desastre é que podemos ressuscitar.

“É só depois de perder tudo”, diz Tyler, “que você fica livre para fazer o que quiser.”

O que estou sentindo é iluminação prematura.

“E continua mexendo”, diz Tyler.

Quando a gordura tiver fervido tanto que mais nenhum sebo subir, jogue fora a água fervente. Lave a panela e a encha de água limpa.

Eu pergunto: não estou nem perto de chegar ao fundo do poço?

"Onde está agora", diz Tyler, "você não consegue nem imaginar como vai ser o fundo."

Repita o processo com o sebo escumado. Ferva o sebo na água. Escume e continue escumando. "A gordura que estamos usando tem muito sal", diz Tyler. "Sal demais e seu sabão não vai ficar sólido." Ferver e escumar.

Ferver e escumar.

Marla voltou.

No instante em que Marla abre a porta telada, Tyler some, desaparece, foge do cômodo, desvanece.

Tyler subiu para o andar de cima, ou desceu para o porão.

Puf.

Marla entra pela porta dos fundos com um pote de soda cáustica em escamas.

"Tem papel higiênico cem por cento reciclado na loja", conta Marla. "O pior trabalho do mundo deve ser reciclar papel higiênico."

Pego o pote de soda cáustica e coloco na mesa. Não digo nada.

"Posso ficar aqui essa noite?", pergunta Marla.

Eu não respondo. Conto na minha cabeça: cinco sílabas, sete, cinco.

Tigres podem rir
Uma cobra te ama
Mentir nos faz vis

Marla faz outra pergunta: "O que você está cozinhando?"

Sou o Ponto de Ebulição do Joe.

Eu digo: vai embora, só vai embora, só some daqui. Tá? Você já não tem um belo de um pedaço da minha vida?

Marla agarra a manga da minha camisa e me segura pelo segundo que leva para beijar minha bochecha. "Por favor, me liga", diz ela. "Por favor. A gente precisa conversar."

Eu digo: tá bom, tá bom, tá bom, tá bom, tá bom.

No instante em que Marla sai pela porta, Tyler volta a aparecer na cozinha.

Tão rápido quanto um passe de mágica. Meus pais fizeram esse número de mágica por cinco anos.

Eu fervo e escumo enquanto Tyler abre espaço na geladeira. O vapor forma uma camada no ar e água pinga do teto da cozinha. A lâmpada de quarenta watts escondida no fundo da geladeira, alguma coisa brilhante que não consigo ver atrás dos potes vazios de ketchup e de picles de pepino ou maionese, alguma luz minúscula de dentro da geladeira ilumina o contorno de Tyler.

Ferver e escumar. Ferver e escumar. Colocar o sebo escumado em caixas de leite com a parte de cima cortada fora.

Com uma cadeira segurando a porta da geladeira aberta, Tyler assiste ao sebo esfriar. No calor da cozinha, nuvens de neblina fria descem pela base da geladeira como uma cachoeira e se acumulam em torno dos pés de Tyler.

Enquanto encho as caixas de leite com sebo, Tyler as coloca na geladeira.

Vou ajoelhar ao lado dele na frente da geladeira. Tyler pega minhas mãos e as mostra para mim. A linha da vida. Os montes de Vênus e de Marte. A neblina fria se acumulando em torno de nós, a luz brilhante baixa na nossa cara.

"Preciso que você me faça outro favor", diz Tyler.

Isso tem a ver com a Marla, não tem?

"Nunca fale com ela sobre mim. Não fale sobre mim pelas minhas costas. Você promete?"

Prometo.

"Se você me mencionar para ela alguma vez, nunca mais vai me ver de novo."

Prometo.

"Promete?"

Prometo.

"Agora, não esquece, você prometeu três vezes."

Uma camada de alguma coisa grossa e transparente está se juntando no alto do sebo na geladeira.

O sebo, eu digo, está separando.

"Não se preocupa", diz Tyler. "A camada transparente é glicerina. Você pode voltar a misturar a glicerina quando faz sabão. Ou, você pode separar a glicerina."

Tyler molha os lábios e vira a palma das minhas mãos para baixo em cima da sua coxa, no colo da flanela pegajosa do seu roupão.

"Você pode misturar a glicerina com ácido nítrico para fazer nitroglicerina", diz Tyler.

Respiro com a boca aberta e digo: nitroglicerina.

Tyler molha os lábios e beija o dorso da minha mão.

"Você pode misturar a nitroglicerina com nitrato de sódio e serragem para fazer dinamite", continua Tyler.

O beijo brilha molhado no dorso da minha mão branca.

Dinamite, eu digo, e sento nos meus calcanhares.

Tyler abre a força a tampa da lata de soda cáustica. "Você pode explodir pontes", diz Tyler.

"Você pode misturar nitroglicerina com mais ácido nítrico e parafina e fazer explosivos gelatinosos", diz Tyler.

"Você pode mandar facinho um prédio pelos ares", diz Tyler.

Tyler inclina a lata de soda cáustica um centímetro acima do beijo molhado no dorso da minha mão.

"Isso é uma queimadura química", diz Tyler, "e vai doer mais do que qualquer queimadura que você já teve. Pior do que cem cigarros."

O beijo brilha no dorso da minha mão.

"Você vai ter uma cicatriz", diz Tyler.

"Com sabão o suficiente", diz Tyler, "você poderia explodir o mundo inteiro. Agora lembre da sua promessa."

Então, Tyler derrama a soda cáustica.

9

A SALIVA DE TYLER FEZ DOIS TRABALHOS.

O beijo molhado no dorso da minha mão segurou as escamas de soda cáustica enquanto elas queimavam. Esse foi o primeiro trabalho. O segundo foi que soda cáustica só queima quando você a mistura com água. Ou saliva.

"Isso é uma queimadura química", diz Tyler, "e vai doer mais do que qualquer queimadura que você já teve."

Você pode usar soda cáustica para desentupir ralos.

Feche os olhos.

Uma pasta de soda cáustica e água pode queimar até perfurar uma panela de alumínio.

Uma solução de soda cáustica e água dissolve uma colher de pau.

Combinada com água, a soda cáustica aquece para mais de noventa graus, e enquanto ela esquenta e queima no dorso da minha mão, e Tyler coloca os dedos de uma mão em cima dos meus dedos, nossas mãos se abrem no colo da minha calça manchada de sangue. Tyler diz para prestar atenção porque esse é o maior momento da minha vida.

"Porque tudo até agora é uma história", Tyler diz, "e tudo depois de agora é uma história."

Esse é o maior momento da nossa vida.

A soda cáustica grudando no formato exato do beijo de Tyler é uma fogueira ou um ferro de marcar ou um derretimento de reator atômico na minha mão no fim de uma estrada muito, muito comprida que imagino a quilômetros de mim. Tyler me diz para voltar a ficar com ele. Minha mão está indo embora, minúscula no horizonte no fim da estrada.

Imagine a fogueira ainda queimando, só que agora ela está além do horizonte. Um pôr do sol.

"Volte para a dor", diz Tyler.

Esse é o tipo de meditação guiada que eles usam em grupos de apoio.

Nem sequer pense na palavra *dor*.

Meditação guiada funciona para câncer, pode funcionar para isso.

"Olhe para a sua mão", diz Tyler.

Não olhe para a sua mão.

Não pense na palavra *causticante* ou *carne* ou *tecido* ou *chamuscada*.

Não ouça a si mesmo chorar.

Meditação guiada.

Você está na Irlanda. Feche os olhos.

Você está na Irlanda no verão depois que saiu da faculdade, e está bebendo num pub perto do castelo em que, todos os dias, ônibus lotados de turistas ingleses e norte-americanos vêm para beijar a pedra da Eloquência.

"Não bloqueie isso", diz Tyler. "Sabão e sacrifício humano andam de mãos dadas."

Você sai do pub com uma enxurrada de homens, andando pelo silêncio das ruas com carros cobertos de gotas porque choveu em algum lugar. É noite. Até você chegar ao castelo da pedra da Eloquência.

O piso do castelo está podre, e você sobe a escada de pedra com a escuridão ficando cada vez mais fechada de cada lado a cada degrau. Todo mundo está calado pela subida e a tradição desse pequeno ato de revolta.

"Me escuta", diz Tyler. "Abre os olhos.

"Na história antiga", diz Tyler, "os sacrifícios humanos eram feitos numa colina acima de um rio. Milhares de pessoas. Me escuta. Os sacrifícios eram feitos e os corpos eram queimados numa pira.

"Pode chorar", diz Tyler. "Você pode ir até a pia e abrir água em cima da sua mão, mas primeiro você tem que saber que é estúpido e que vai morrer. Olha pra mim.

"Um dia", diz Tyler, "você vai morrer e, até que saiba disso, você é inútil para mim."

Você está na Irlanda.

"Pode chorar", diz Tyler, "mas cada lágrima que cair nas escamas de soda cáustica na sua pele vai fazer uma cicatriz de queimadura de cigarro."

Meditação guiada. Você está na Irlanda no verão depois que saiu da faculdade, e talvez aqui seja onde você desejou a anarquia pela primeira vez. Anos antes de conhecer Tyler Durden, antes de mijar no seu primeiro *crème anglaise*, você aprendeu sobre esses pequenos atos de revolta.

Na Irlanda.

Você está parado em uma plataforma no alto da escada num castelo.

"A gente pode usar vinagre", diz Tyler, "para neutralizar a queimadura, mas primeiro você tem que desistir."

Depois que centenas de pessoas foram sacrificadas e queimadas, diz Tyler, uma secreção espessa e branca escorria do altar, colina abaixo, até o rio.

Primeiro você tem que chegar no fundo do poço.

Você está numa plataforma num castelo na Irlanda, rodeado pela escuridão, e à sua frente, um braço adiante, tem um muro de pedra.

"Chuva", diz Tyler, "caía na pira queimada ano após ano, e ano após ano, pessoas eram queimadas, e a chuva filtrava as cinzas de madeira para se tornar uma solução de soda cáustica, e a soda cáustica combinada com a gordura derretida dos sacrifícios, e uma secreção espessa e branca de sabão escorria da base do altar e descia a colina em direção ao rio."

E os homens irlandeses ao redor, com seu pequeno ato de revolta na escuridão, vão até a beira da plataforma e ficam parados ali e mijam.

E os homens dizem: vai, mija o seu mijo norte-americano chique, rico e amarelo com vitaminas demais. Rico e caro e desperdiçado.

"Esse é o maior momento da sua vida", diz Tyler, "e você está longe em algum lugar e está perdendo."

Você está na Irlanda.

Ah, e você está fazendo. Ah, sim. Sim. Você consegue sentir o cheiro de amônia e a cota diária de vitamina B.

Onde o sabão caía no rio, diz Tyler, depois de milhares de anos de matança de pessoas e chuva, o povo antigo descobriu que suas roupas ficavam mais limpas se eles a lavassem naquele lugar.

Estou mijando na pedra da Eloquência.

"Nossa", diz Tyler.

Estou mijando na minha calça preta com manchas secas de sangue que meu chefe achou repulsiva.

Você está numa casa alugada na Paper Street.

"Isso quer dizer alguma coisa", diz Tyler.

"Isso é um sinal", diz Tyler. Tyler é cheio de informação útil. Civilizações sem sabão, conta, usavam a própria urina e a dos cachorros para lavar as roupas e o cabelo por causa do ácido úrico e da amônia.

Vem o cheiro de vinagre, e a fogueira na sua mão no fim da longa estrada se apaga.

Vem o cheiro de soda cáustica escaldando o formato bifurcado de suas cavidades nasais, e o cheiro de vômito de hospital de mijo e vinagre.

"Foi certo matar todas aquelas pessoas", diz Tyler.

O dorso da sua mão está vermelho e inchado e brilhante como lábios no formato exato do beijo de Tyler. Espalhados em volta do beijo há pontos queimados de cigarro de alguém chorando.

"Abra os olhos", diz Tyler, e o rosto dele estava brilhando de lágrimas. "Parabéns", diz Tyler. "Você está um passo mais perto de chegar ao fundo do poço.

"Você tem que entender", diz Tyler, "como o primeiro sabão foi feito por heróis."

Pense nos animais usados em testagens de produtos.

Pense nos macacos espaciais.

"Sem a morte deles, a dor deles, sem o sacrifício deles", diz Tyler, "a gente não teria nada."

EU PARO O ELEVADOR ENTRE DOIS ANDARES ENQUANTO TYLER ABRE O CINTO.

O elevador para, e as tigelas de sopa empilhadas no carrinho de bufê param de chacoalhar, e fumaça sobe como um cogumelo para o teto do elevador quando Tyler tira a tampa da sopeira.

Ele começa a colocar para fora e diz: "Não olha, senão não consigo fazer."

A sopa é uma bisque de tomatinhos com coentro e mexilhões. Com esses ingredientes, ninguém vai sentir o cheiro de qualquer outra coisa que colocarmos ali dentro.

Eu digo, anda logo, e olho por cima do meu ombro para um centímetro da ponta pendendo na sopa. Parece, de um jeito muito engraçado, um elefante bem alto usando uma camisa de garçom e gravata-borboleta bebendo sopa pela trombinha.

Tyler diz: "Eu falei 'Não olha.'"

A porta do elevador na minha frente tem uma janelinha do tamanho de um rosto que me deixa olhar para o corredor de serviço do bufê de luxo. Com o elevador parado entre dois andares, minha vista é mais ou menos igual à de uma barata no chão de linóleo, e, daqui do nível da barata, o corredor verde se estende em direção ao ponto de fuga, para além de portas meio abertas onde titãs e suas esposas gigantes bebem barris de champanhe e berram uns com os outros usando diamantes enormes.

Semana passada, digo a Tyler, quando os Advogados do Empire State estiveram aqui para a festa de Natal, fiquei de pau duro e enfiei em todas as mousses de laranja deles.

Semana passada, diz Tyler, ele parou o elevador e peidou num carrinho inteiro de Boccone Dolce para o chá da Junior League.

E Tyler sabe como um merengue vai absorver o odor.

Do nível da barata, conseguimos ouvir o harpista cativo tocar música enquanto os titãs erguem garfadas de costeleta de carneiro, cada bocado do tamanho de um porco inteiro, cada boca uma Stonehenge afiada de marfim.

Eu digo, anda logo.

Tyler retruca: "Não consigo."

Se a sopa esfriar, eles vão devolver.

Os gigantes, eles mandam coisas de volta para a cozinha sem motivo algum. Só querem ver você correndo de um lado para o outro atrás do dinheiro deles. Um jantar como esse, essas festas com bufês de luxo, eles sabem que a gorjeta já está inclusa na conta então te tratam como lixo. Nós não devolvemos nada para a cozinha de verdade. Desloque um pouquinho no prato as *Pommes Parisiennes* e os *Asperges Hollandaises*, sirva para outra pessoa, e está tudo bem.

Eu digo, as cachoeiras do Niágara. O rio Nilo. Na escola, todo mundo achava que se você colocasse a mão de alguém numa tigela de água morna enquanto a pessoa estava dormindo, ela ia mijar na cama.

Tyler diz: "Ah." Atrás de mim, ele continua: "Ah, é. Ah, está saindo. Ah, é. Isso."

Atrás das portas meio abertas nos salões depois do corredor de serviço farfalham saias douradas e pretas e vermelhas tão altas quanto a cortina de veludo dourada do antigo Broadway Theatre. De vez em quando há parede de Cadillac sedans em couro preto com cadarços onde deveriam estar os para-brisas. Acima dos carros se movimenta uma cidade de torres de escritório de faixas de smoking vermelhas.

Não faz demais, digo.

Tyler e eu, nós viramos terroristas de guerrilha do ramo de serviços. Sabotadores de jantares festivos. O hotel oferece bufê de luxo para jantares festivos, e, quando contratam o bufê, recebem a comida e o vinho e a porcelana e os cristais e os garçons. Eles recebem os trabalhadores, tudo incluso. E por saberem que não podem te ameaçar com a gorjeta, para eles você é só uma barata.

Tyler, ele trabalhou num jantar festivo uma vez. Foi aí que virou um garçom renegado. Naquele primeiro jantar festivo, ele serviu o prato de peixe numa casa que lembrava uma nuvem branca e de vidro e parecia pairar sobre a cidade com pernas de aço presas a uma encosta. Depois de um tempo do prato de peixe, enquanto Tyler está lavando a louça do prato de massa, a anfitriã entra na cozinha segurando um pedacinho de papel que se agita como uma bandeira, de tanto que sua mão treme. Através de dentes cerrados, a Madame quer saber se os garçons viram algum dos convidados irem até o fim do corredor que leva para a parte da casa onde ficam os quartos. Especialmente alguma convidada? Ou o anfitrião?

Na cozinha, estão Tyler e Albert e Len e Jerry lavando e empilhando pratos e uma cozinheira auxiliar, Leslie, regando com manteiga de alho os miolos de alcachofra recheados com camarão e escargot.

"A gente não vai para essa parte da casa", diz Tyler.

Nós entramos pela garagem. A gente só vê a garagem, a cozinha e a sala de jantar.

O anfitrião entra atrás da mulher pela porta da cozinha e tira o pedaço de papel de sua mão tremida. "Vai ficar tudo bem", diz ele.

"Como vou encarar aquelas pessoas", diz a Madame, "a não ser que eu saiba quem fez isso?"

O anfitrião coloca a mão espalmada nas costas do vestido de festa branco de seda que combina com a casa, e a Madame apruma a postura, os ombros para trás, e fica calada de repente. "São seus convidados", diz ele. "E essa festa é muito importante."

Parece, de um jeito bem engraçado, um ventríloquo fazendo seu boneco ganhar vida. A Madame olha para o marido, e com um empurrãozinho o anfitrião leva a esposa de volta para a sala de jantar. O bilhete cai no chão e o *swish, swish* para os dois lados da porta da cozinha varre o bilhete para os pés de Tyler.

Albert pergunta: "O que tá escrito?"

Len sai para começar a recolher o prato de peixe.

Leslie empurra a bandeja com as alcachofras de volta para o forno e diz: "O que tá escrito, hein?"

Tyler olha direto para Leslie e diz, sem nem pegar o bilhete: "'Coloquei uma quantidade de urina em pelo menos uma de suas muitas fragrâncias elegantes.'"

Albert sorri. "Você mijou no perfume dela?"

Não, diz Tyler. Ele só deixou o bilhete entre os frascos. Ela tem uns cem frascos de perfume em cima de uma bancada debaixo do espelho no banheiro.

Leslie sorri. "Não mesmo? Jura?"

"Não", responde Tyler, "mas ela não sabe disso."

Todo o resto da noite naquele jantar festivo branco e de vidro no céu, Tyler continuou tirando pratos de alcachofra fria, depois de vitela fria com *Pommes Duchesses* frias, depois de *Choufleur à la Polonaise* fria da frente da anfitriã, e encheu as taças de vinho umas doze vezes. A Madame ficou sentada observando cada uma de suas convidadas comer, até que, entre a hora de tirar os pratos de sorbet e servir o *gâteau* de damasco, o lugar dela na cabeceira da mesa de repente ficou vazio.

Eles estavam lavando louça depois que os convidados foram embora, enchendo os coolers e colocando a porcelana de volta na van do hotel, quando o anfitrião entrou na cozinha e perguntou se Albert poderia, por favor, ajudá-lo com uma coisa pesada?

Leslie comenta que talvez Tyler tenha ido longe demais.

Alto e rápido, Tyler responde contando como matam baleias para fazer aquele perfume que custa mais que ouro por mililitro. A maioria das pessoas nunca viu uma baleia. Leslie tem dois filhos num apartamento do lado da rodovia e a Madame anfitriã tem mais dinheiro do que vamos ganhar em um ano em frascos na bancada do banheiro.

Albert volta depois de ajudar o anfitrião e liga para a emergência. Albert coloca a mão em cima do fone e diz: Cara, Tyler não devia ter deixado aquele bilhete.

Tyler retruca: "Então conta pro gerente do bufê. Me faz ser despedido. Não sou casado com esse trabalho de merda."

Todo mundo baixa a cabeça.

"Ser despedido", diz Tyler, "é a melhor coisa que poderia acontecer com qualquer um de nós. Assim, a gente pode parar de não sair do lugar e fazer alguma coisa com a nossa vida."

Albert diz no telefone que precisava de uma ambulância e fala o endereço. Esperando na linha, conta que a anfitriã está muito transtornada. Albert teve que levantá-la do lado do vaso sanitário. O anfitrião não conseguia levantá-la porque a Madame diz que foi ele quem fez xixi nos perfumes dela e que ele está tentando enlouquecê-la ao ter um caso com uma das convidadas, naquela noite, e ela está cansada, cansada de toda aquela gente que chamam de amigos.

O anfitrião não consegue levantá-la porque a Madame caiu atrás do vaso com seu vestido branco e está balançando metade de um vidro de perfume quebrado. Ela diz que vai cortar a garganta dele se sequer tentar encostar nela.

Tyler diz: "Legal."

E Albert está fedendo. Leslie diz: "Albert, querido, você está fedendo."

De jeito nenhum você poderia sair daquele banheiro sem estar fedendo, diz Albert. Há vidros de perfume espatifados no chão e outros dentro da privada. Parecem gelo, conta Albert, como naquelas festas mais chiques do hotel em que você tem que encher os mictórios com gelo moído. O banheiro está fedendo e o chão está estalando com lascas de gelo que não derretem, e, quando Albert ajuda a Madame a se levantar, o vestido branco dela está molhado com manchas amarelas. Ela agita o vidro quebrado em direção ao anfitrião, escorrega no perfume e no vidro quebrado, e cai com as mãos abertas no chão.

Ela está chorando e sangrando, enrodilhada encostada no vaso. Ah, e está ardendo, diz ela. "Ah, Walter, está ardendo. Ardendo", repete a Madame.

O perfume, todas aquelas baleias mortas nos cortes nas mãos dela, está ardendo.

O anfitrião ergue a Madame de pé encostada nele, ela com as mãos para cima como se estivesse rezando, mas com as mãos um centímetro separadas e sangue escorrendo das palmas, pelos pulsos, por cima da pulseira de diamantes e para os cotovelos, pingando no chão.

E o anfitrião fala: "Vai ficar tudo bem, Nina."

"Minhas mãos, Walter", diz a Madame.

"Vai ficar tudo bem."

A Madame pergunta: "Quem faria isso comigo? Quem me odiaria tanto?"

O anfitrião diz para Albert: "Você chamaria uma ambulância?"

Aquela foi a primeira missão de Tyler como terrorista do ramo de serviços. Garçom de guerrilha. Usurpador de salário mínimo. Tyler faz isso há anos, mas diz que tudo é mais divertido quando é uma atividade compartilhada.

No fim da história de Albert, Tyler sorri e diz mais uma vez: "Legal."

De volta no hotel, agora, no elevador parado entre os andares da cozinha e do bufê de luxo, conto a Tyler como espirrei na truta em aspic para a convenção de dermatologistas e três pessoas me disseram que estava salgada demais e uma pessoa disse que estava deliciosa.

Tyler balança em cima da sopeira e diz que terminou. Isso é mais fácil com sopa fria, *vichyssoise*, ou quando os chefs fazem um gaspacho bem fresco. É impossível com aquela sopa de cebola que tem uma crosta de queijo derretido nos potinhos de porcelana. Se um dia eu comesse ali, seria o que eu pediria.

Estamos ficando sem ideias, Tyler e eu. Fazer coisas com a comida tem que ser chato, quase parte da descrição do trabalho. Depois ouvi um dos médicos, advogados, sei lá, dizer como o micróbio da hepatite pode viver na *Charlotte Russe* com crosta de rum.

Ou no timbale de salmão.

Perguntei ao médico onde eu podia arranjar alguns desses micróbios da hepatite, e ele está tão bêbado que apenas ri.

Tudo vai parar no depósito de lixo hospitalar, conta ele.

E ri.

Tudo.

O depósito de lixo hospitalar soa como chegar ao fundo do poço.

Com uma mão no painel do elevador, pergunto a Tyler se ele está pronto. A cicatriz no dorso da minha mão está inchada, vermelha e brilhante como uma boca no formato exato do beijo de Tyler.

"Um segundo", diz Tyler.

A sopa de tomate ainda deve estar quente porque a coisa torta que Tyler enfia de volta na calça está rosa, escaldada como um camarão VG.

11

NA AMÉRICA DO SUL, TERRA DO ENCANTO,

poderíamos estar vadeando num rio onde peixinhos minúsculos vão subir pela uretra de Tyler. Os peixes têm espinhas farpadas que irrompem e retraem, então, uma vez dentro de Tyler, estabelecem uma gestão interna e se preparam para botar ovos. De muitas maneiras, o jeito como passamos nossas noites de sábado poderia ser pior.

"Podia ter sido pior", diz Tyler, "o que a gente deu à luz."

Eu digo: cala a boca.

Tyler retruca que o governo francês poderia ter nos levado para um complexo subterrâneo fora de Paris onde técnicos semiqualificados, não cirurgiões, cortariam nossas pálpebras com navalhas como parte da testagem de toxicidade de um spray aerossol de bronzeamento.

"Essas coisas acontecem", diz. "É só ler os jornais."

O pior é que eu sabia o que Tyler estava aprontando com a mãe da Marla, mas, pela primeira vez desde que o conheci, Tyler tinha algum dinheiro pra jogo. Ele estava ganhando uns trocados de verdade. A Nordstrom ligou e fez um pedido de duzentas barras do sabonete facial de açúcar mascavo de Tyler antes do Natal. A vinte pratas a barra, preço de venda sugerido, teríamos dinheiro para sair sábado à noite. Dinheiro para consertar o vazamento no cano de gás. Ir dançar. Sem precisar me preocupar com dinheiro. Talvez eu pudesse me demitir do meu trabalho.

Tyler chama a si mesmo de Saboaria da Paper Street. As pessoas estão dizendo que é o melhor sabonete de todos os tempos.

"O que teria sido pior", diz Tyler, "é se você tivesse comido por acidente a mãe da Marla."

Com a boca cheia de Frango Kung Pao, digo para ele só calar a porra da boca.

Onde estamos neste sábado à noite é no banco da frente de um Impala de 1968 com dois pneus furados na primeira fila de uma concessionária de carros usados. Tyler e eu, a gente está conversando, tomando latas de cerveja, e o banco da frente desse Impala é maior do que o sofá da maioria das pessoas. O estacionamento ocupa quase toda essa parte do bulevar; no ramo eles chamam essas concessionárias de Pot Lots porque todos os carros custam por volta de duzentos dólares e durante o dia, os ciganos que tocam essas concessionárias ficam por lá nos escritórios de compensado fumando charutos compridos e finos.

Os carros são latas-velhas que os caras dirigem no ensino médio: Gremlins e Pacers, Mavericks e Hornets, Pintos, caminhonetes International Harvester, Camaros rebaixados e Dusters e Impalas. Carros que as pessoas amaram e descartaram. Animais no canil. Vestidos de damas de honra no bazar beneficente. Com amassados e painéis laterais dianteiros cinza ou vermelhos ou pretos e painéis de soleira e caroços de massa de vidraceiro que ninguém consegue aguentar. Interiores de plástico imitando madeira e plástico imitando couro e plástico imitando cromado. À noite, os ciganos nem trancam as portas dos carros.

Os faróis no bulevar passam pelo preço pintado no grande para-brisas de Cinemascope do Impala. Veja os Estados Unidos. Custa noventa e oito dólares. De dentro, parece oitenta e nove centavos. Zero, zero, vírgula, oito, nove. O país está pedindo para você ligar.

A maioria dos carros aqui custa uns cem dólares, e todos têm um acordo de venda "COMO ESTÁ" colado na janela do motorista.

Escolhemos o Impala porque, se tivermos que dormir um sábado à noite num carro, esse tem bancos grandes.

Estamos comendo comida chinesa porque não podemos ir para casa. Era ou dormir aqui ou ficar acordados a noite inteira em um *after* de alguma boate. Não vamos a boates. Tyler diz que a música é tão alta, especialmente as bases, que fode com o seu biorritmo. Da última vez que saímos, Tyler disse que a música alta o deixava constipado. Isso, e a boate é alta para conversar, então, depois de algumas bebidas, todo mundo parece o centro das atenções e ao mesmo tempo não interage com ninguém.

Você é o cadáver em um mistério de assassinato inglês.

Estamos dormindo num carro esta noite porque Marla foi para a casa e ameaçou chamar a polícia e mandar me prender por cozinhar a mãe dela, e depois ela saiu batendo portas pela casa, gritando que eu era um ghoul e um canibal e saiu chutando as pilhas de *Reader's Digest* e *National Geographic*, e então a deixei lá. Para resumir.

Depois de tomar acidentalmente Xanax de propósito no Regent Hotel, não consigo imaginar Marla ligando para a polícia, mas Tyler achou que seria bom dormir fora esta noite. Só para o caso de.

Só para o caso de Marla botar fogo na casa.

Só para o caso de Marla sair e arranjar uma arma.

Só para o caso de Marla ainda estar na casa.

Só para o caso de.

Tento ficar centrado:

Face da Lua
Estrelas não sentem dor
Blá, blá, blá, blá, fim

Aqui, com os carros passando no bulevar e uma cerveja na mão no Impala com volante Bakelite frio e duro de talvez uns noventa centímetros de diâmetro e o banco de vinil rachado espetando a minha bunda pela calça, Tyler diz: "Mais uma vez. Me conta exatamente o que aconteceu."

Por semanas, eu ignorava o que Tyler vinha aprontando. Uma vez, fui com ele ao escritório da Western Union e o vi mandar um telegrama para a mãe de Marla.

MEDONHAMENTE ENRUGADA (pausa) POR FAVOR ME AJUDE! (fim)

Tyler tinha mostrado para o funcionário o cartão da biblioteca de Marla e assinou o nome de Marla na chamada do telegrama. Ele gritou: que sim, Marla pode ser nome de homem às vezes, e que o funcionário deveria só cuidar da vida dele.

Quando estávamos saindo da Western Union, Tyler disse que, se eu o amasse, confiaria nele. Não era algo que eu precisava saber, disse e me levou ao Garbanzo para comer homus.

O que realmente me assustava não era o telegrama e sim ter saído para comer com Tyler. Tyler, nunca, nunca mesmo tinha pagado por qualquer coisa. Para roupas, ele vai a academias e hotéis e pega o que encontra no achados e perdidos. Isso é melhor do que Marla, que vai a lavanderias para roubar calças jeans nas secadoras e vendê-las a doze dólares cada para aqueles lugares que compram jeans usados. Tyler nunca comeu em restaurantes, e Marla não era enrugada.

Sem razão aparente, Tyler mandou para a mãe de Marla uma caixa de quase sete quilos de chocolate.

Outro jeito que essa noite de sábado poderia ser pior, Tyler me diz no Impala, é a aranha-violinista. Quando ela te pica, injeta não apenas veneno mas uma enzima digestiva ou ácido que dissolve o tecido em torno da picada, literalmente derretendo seu braço ou sua perna ou seu rosto.

Tyler estava se escondendo hoje à noite quando tudo isso começou. Marla apareceu na casa. Sem nem bater, Marla entrou pela porta da frente e gritou: "Toc, toc."

Estou lendo uma *Reader's Digest* na cozinha. Totalmente desconcertado.

Marla grita: "Tyler. Posso entrar? Você está em casa?"

Eu grito: Tyler não está em casa.

Marla grita: "Não seja malvado."

A essa altura, estou na porta da frente. Marla está parada na entrada com um pacote de urgência da Federal Express, e diz: "Preciso colocar uma coisa no seu congelador."

Acompanho seus passos a caminho da cozinha, dizendo não.

Não.

Não.

Não.

Ela não vai começar a guardar a tralha dela aqui.

"Mas querido", diz Marla, "não tenho congelador no hotel, e você disse que eu podia."

Não, eu não disse. A última coisa que quero é a Marla se mudando para cá, uma tranqueira atrás da outra.

Marla rasga o pacote da Federal Express na mesa da cozinha e tira alguma coisa branca dos granulados de isopor e balança a coisa branca na minha cara. "Isso não é tranqueira", diz ela. "Isso de que você está falando é a minha mãe então só vai pro inferno."

O que Marla tira do pacote é um daqueles saquinhos de sanduíche com coisa branca que Tyler descongelou para fazer sebo para o sabonete.

"As coisas poderiam ter sido piores", diz Tyler, "se você tivesse acidentalmente comido o que estava num daqueles saquinhos de sanduíche. Se tivesse acordado no meio da noite um dia e espremido aquela gosma branca e acrescentado sopa de cebola em sachê e comido como um dip com batatinhas. Ou brócolis."

Mais do que qualquer coisa no mundo, enquanto Marla e eu estávamos parados na cozinha, eu não queria que ela abrisse o congelador.

Eu perguntei: o que ela ia fazer com a coisa branca?

"Preenchimento labial", disse Marla. "Quando você fica mais velho, os lábios retraem para dentro da boca. Estou guardando para injetar colágeno nos lábios. Tenho quase catorze quilos de colágeno no seu congelador."

Eu perguntei que tamanho de lábios ela quer.

Marla disse que era a operação em si que a assustava.

A coisa no pacote da Federal Express, digo para Tyler no Impala, aquela era a mesma coisa com que a gente fazia o sabonete. Desde que o silicone se mostrou perigoso, o colágeno se mostrou o item do momento a ser injetado para suavizar rugas ou realçar lábios finos ou queixos não marcados. Do jeito que Marla tinha explicado, colágeno barato normalmente vem de gordura de vaca que foi esterilizada e processada, mas esse tipo de colágeno barato não dura muito tempo no corpo. Onde quer que você o injete, digamos nos lábios, seu corpo o rejeita e começa a excretá-lo. Seis meses depois, os lábios voltam a ficar finos.

O melhor tipo de colágeno, disse Marla, é a sua própria gordura, retirada das suas coxas, processada, limpa e injetada de volta nos seus lábios. Ou alguma coisa assim. Esse tipo de colágeno vai durar.

Essa coisa no congelador de casa era o fundo de garantia de colágeno de Marla. Sempre que a mãe dela ficava com gordura extra, mandava aspirar e empacotar. Marla diz que o processo chama *coletagem*. Se a mãe de Marla não precisa do colágeno para si, manda os pacotes para Marla. Marla nunca tem gordura nenhuma, e a mãe dela imaginou que colágeno de família seria melhor do que Marla ter que usar o do tipo barato de vaca.

Postes de luz ao longo do bulevar passam pelo compromisso de venda na janela e estampa "COMO ESTÁ" na bochecha de Tyler.

"As aranhas", prossegue Tyler, "podem botar ovos e a larva pode cavar um túnel debaixo da pele. A pele pode ficar bem ruim."

Nesse momento, meu frango com amêndoas no molho quente e cremoso está com o gosto de alguma coisa aspirada das coxas da mãe da Marla.

Foi bem naquela hora, parado na cozinha com Marla, que entendi o que Tyler tinha feito.

MEDONHAMENTE ENRUGADA.

E entendi por que ele mandou doce para a mãe dela.

POR FAVOR ME AJUDE.

Eu digo: Marla, você não vai querer olhar dentro do congelador.

Marla diz: "Não vou querer o quê?"

"A gente nunca come carne vermelha", fala Tyler no Impala, e ele não pode usar gordura de frango ou o sabonete não vai endurecer e virar uma barra. "A coisa", diz Tyler, "está rendendo uma fortuna. Pagamos o aluguel com aquele colágeno."

Eu digo: você devia ter contado para Marla. Agora ela acha que quem fez isso fui eu.

"Saponificação", continua Tyler, "é a reação química que você precisa para fazer um bom sabonete. Gordura de frango não funciona nem qualquer gordura com sal demais."

"Escuta", diz Tyler. "A gente tem um pedido grande para entregar. O que vamos fazer é mandar uns chocolates pra mãe dela e talvez alguns bolos de frutas."

Eu não acho que isso vai funcionar, não mais.

Para resumir a história, Marla olhou dentro do congelador. Tudo bem, aconteceu um pequeno confronto físico, primeiro. Eu tento impedi-la, e o saquinho que ela está segurando cai no chão e estoura no linóleo e nós dois escorregamos na bagunça branca e gordurenta e nos levantamos com engulho. Estou segurando Marla por trás, pela cintura, seu cabelo preto batendo no meu rosto, seus braços presos às laterais do seu corpo, e não paro de dizer: não fui eu. Não fui eu.

Não fui eu que fiz isso.

"Minha mãe! Você está derramando ela para todo lado!"

A gente precisa fazer sabonete, digo com meu rosto apertado contra a parte de trás da orelha dela. A gente precisava lavar as minhas calças, pagar o aluguel, consertar o vazamento no encanamento de gás. Não tinha sido eu.

Foi o Tyler.

Marla grita "Do que você está falando?" e alisa a saia. Estou lutando para me levantar do chão engordurado com uma das mãos agarradas na saia de algodão de estampa indiana de Marla, e ela, de calcinha e salto anabela e bata, abre a porta do congelador com um arremesso e lá dentro não tem fundo de garantia de colágeno nenhum.

Tem duas pilhas velhas de lanterna, e só.

"Cadê ela?"

Já estou rastejando para trás, as mãos escorregando, meus sapatos escorregando no linóleo, e minha bunda está abrindo um caminho limpo no piso sujo para longe de Marla e da geladeira. Ergo a saia para não ter que ver a cara de Marla quando for contar para ela.

A verdade.

A gente faz sabonete com isso. Com ela. Com a mãe dela.

"Sabonete?"

Sabonete. Fervemos a gordura. Misturamos com soda cáustica. Fazemos sabonete.

Quando Marla grita, jogo a saia na cara dela e grito. Escorrego. Corro.

Por todo o primeiro andar, Marla corre atrás de mim, derrapando nos corredores, pegando impulso na esquadria das janelas para ter embalo. Escorregando.

Deixando marcas de mãos nojentas de gordura e sujeira do chão entre as flores do papel de parede. Caindo e escorregando para o lambril, voltando a levantar, correndo.

Marla gritando, "Você ferveu a minha mãe!"

Tyler ferveu a mãe dela.

Marla gritando, sempre a uma unhada atrás de mim.

Tyler ferveu a mãe dela.

"Você ferveu a minha mãe!"

A porta da frente ainda estava aberta.

Então eu saí pela porta da frente com Marla gritando no batente atrás de mim. Meus pés não escorregaram na calçada de concreto, e só continuei correndo. Até ter encontrado Tyler ou até Tyler ter me encontrado, e contei para ele o que aconteceu.

Cada um com uma cerveja, Tyler e eu nos esparramamos nos bancos da frente e de trás, comigo no banco da frente. Marla ainda deve estar na casa, jogando revistas nas paredes e gritando como sou um cretino e um filho da puta de um monstro capitalista de duas caras cuzão. Os quilômetros de noite entre Marla e eu oferecem insetos e melanomas e vírus comedores de carne. Onde eu estou pelo menos não é tão ruim.

"Quando um homem é atingido por um raio", diz Tyler, "a cabeça dele queima até virar uma bola de beisebol ardente e o zíper da calça se solda."

Eu digo: a gente chegou ao fundo do poço essa noite?

Tyler deita de costas e pergunta: "Se a Marilyn Monroe estivesse viva agora, o que ela estaria fazendo?"

Eu digo: boa noite.

O forro do teto pende desfiado do alto, e Tyler responde a si mesmo: "Arranhando a tampa do caixão."

MEU CHEFE ESTÁ PARADO PERTO DEMAIS DA MINHA MESA com seu sorrisinho, os lábios apertados e esticados finos, a virilha no meu cotovelo. Ergo o olhar de uma carta de apresentação para uma campanha de recall. Essas cartas sempre começam do mesmo jeito:

"Este aviso foi enviado de acordo com as exigências da Lei Nacional de Segurança de Veículos Automotivos. Determinamos que existe um defeito..."

Essa semana, apliquei a fórmula de responsabilidade, e para variar *A* vezes *B* vezes *C* foi igual a mais do que o custo de um recall.

Essa semana, é o pequeno clip de plástico que prende as pás de plástico dos limpadores de para-brisas. Um item descartável. Apenas duzentos veículos afetados. Quase nada perto do custo da mão de obra.

A semana passada foi mais típica. Semana passada a questão foi algum couro curado com uma substância teratogênica desconhecida, esmalte sintético ou algo tão ilegal quanto o que ainda é usado em curtumes no terceiro mundo. Alguma coisa tão forte que poderia causar defeitos congênitos no feto de uma mulher que se deparasse com ela. Semana passada, ninguém ligou para o Departamento de Transportes. Ninguém iniciou um recall.

Couro novo multiplicado pelo custo da mão de obra multiplicado pelo custo de administração daria mais do que nossos lucros do primeiro trimestre. Se alguém um dia descobrir nosso erro, ainda podemos pagar muitas famílias enlutadas antes de chegarmos perto do custo de readaptar seis mil e quinhentos interiores de couro.

Mas essa semana estamos fazendo uma campanha de recall. E essa semana a insônia voltou. Insônia, e agora o mundo inteiro teve a ideia de dar uma parada aqui para encher o meu saco.

Meu chefe está usando sua gravata cinza, então hoje deve ser terça-feira.

Ele traz uma folha de papel para a minha mesa e pergunta se estou procurando alguma coisa. A folha foi deixada na copiadora, diz ele, e começa a ler:

"A primeira regra do clube da luta é não falar sobre o clube da luta."

Seus olhos correm de ponta a ponta pela folha, e ele dá uma risadinha.

"A segunda regra do clube da luta é não falar sobre o clube da luta."

Ouço as palavras de Tyler saírem da boca do meu chefe, Senhor Chefe com seu sobrepeso de meia-idade e sua foto de família na mesa e seus sonhos de se aposentar cedo e invernos num camping de trailers em algum deserto do Arizona. Meu chefe, com suas camisas engomadas demais e horário fixo para cortar o cabelo toda terça-feira depois do almoço, olha para mim e diz:

"Espero que isso não seja seu."

Sou a Raiva que Ferve o Sangue de Joe.

Tyler me pediu para digitar as regras do clube da luta e fazer dez cópias para ele. Não nove, não onze. Dez. Ainda assim, tenho insônia e estou sem dormir há três noites. Esse deve ser o original que digitei. Fiz dez cópias e esqueci o original. O flash de paparazzi da copiadora na minha cara. A distância que a insônia coloca em tudo, uma cópia de uma cópia de uma cópia. Você não consegue encostar em nada, e nada consegue encostar em você.

Meu chefe lê:

"A terceira regra do clube da luta é dois homens por luta."

Nenhum de nós pisca.

Meu chefe lê:

"Uma luta de cada vez."

Não dormi em três dias a não ser que esteja dormindo agora. Meu chefe balança a folha de papel debaixo do meu nariz. E isso, ele diz. Isso é alguma brincadeira que você está fazendo durante o horário de trabalho? Sou pago por toda a minha atenção, não para perder tempo com joguinhos de guerra. E não sou pago para abusar das copiadoras.

E isso? Ele balança o papel debaixo do meu nariz. O que eu acho, pergunta, o que ele deveria fazer com um empregado que passa tempo de trabalho num mundinho de fantasia qualquer. Se eu estivesse no lugar dele, o que eu faria?

O que eu faria?

O buraco na minha bochecha, os roxos inchando em torno dos meus olhos e a cicatriz vermelha e inchada do beijo de Tyler no dorso da minha mão, uma cópia de uma cópia de uma cópia.

Especulação.

Por que Tyler quer dez cópias das regras do clube da luta?

Vaca hindu.

O que eu faria, digo, seria tomar muito cuidado com quem falo sobre esse papel.

Digo que parece que algum assassino psicótico escreveu aquilo, e é provável que esse esquizofrênico de camisa de botão possa chegar ao limite a qualquer momento do dia de trabalho e ir de sala em sala do escritório com um rifle Armalite AR-180 semiautomático operado a gás.

Meu chefe simplesmente me olha.

O cara, prossigo, deve estar em casa toda noite com um furadorzinho agulhão, fazendo um x em cada uma das balas. Assim, quando ele aparecer no trabalho uma manhã e mandar uma bala no seu chefe implicante, ineficaz, insignificante, chorão, cuzão e bunda mole, aquela bala vai se romper pelas ranhuras do agulhão e se abrir do jeito que uma bala expansiva desabrocha dentro de você para explodir uma baciada de suas tripas fedorentas pela sua coluna vertebral. Imagine seu chacra sacral se abrindo numa explosão em *slow-motion* de invólucro de linguiça do intestino delgado.

Meu chefe tira o papel debaixo do meu nariz.

Vai, continuo, lê mais um pouco.

Não, sério, insisto, parece fascinante. O trabalho de uma mente totalmente transtornada.

E eu sorrio. As bordas que fazem o buraco na minha bochecha parecer um cuzinho são do mesmo azul quase preto que as gengivas de um cachorro. A pele bem esticada sobre o inchaço em torno dos meus olhos parece envernizada.

Meu chefe simplesmente me olha.

Deixa eu te ajudar, eu digo.

A quarta regra do clube da luta é uma luta de cada vez.

Meu chefe olha para as regras e depois olha para mim.

Vou em frente. A quinta regra é nada de sapatos, nada de camisas no clube da luta.

Meu chefe olha para as regras e depois olha para mim.

Talvez, eu digo, esse fodido totalmente transtornado usaria um fuzil Eagle Apache porque é uma arma que leva um cartucho de trinta balas e só pesa quatro quilos. O Armalite só leva um cartucho de cinco balas. Com trinta tiros, nosso herói fodido poderia atravessar todo o setor de alto escalão e apagar cada vice-presidente e ainda sobrar um cartucho para cada diretor.

As palavras de Tyler estão saindo da minha boca. Eu costumava ser uma pessoa tão boa.

Eu simplesmente olho para o meu chefe, que tem olhos azuis, azuis de centáurea pálida.

A semiautomática J&R .68 também leva cartuchos de trinta balas e pesa pouco mais de três quilos.

Meu chefe simplesmente me olha.

É assustador, digo. Deve ser alguém que ele conhece há anos. Esse cara deve saber tudo sobre ele, onde mora e onde a esposa dele trabalha e a escola em que os filhos dele estudam.

Isso é exaustivo, e de repente muito, mas muito maçante.

E por que Tyler precisa de dez cópias das regras do clube da luta?

O que não preciso dizer é que sei sobre os interiores de couro que causam defeitos congênitos. Sei sobre as lonas de freio falsificadas que pareciam boas o bastante para passar pelo encarregado de compras, mas que falhavam depois de três mil quilômetros.

Sei sobre o reostato do ar-condicionado que esquenta tanto que bota fogo em mapas no porta-luvas. Sei sobre as muitas pessoas queimadas vivas por causa da ignição inversa do injetor de combustível. Já vi pernas de pessoas sendo cortadas na altura do joelho quando turbocompressores explodem e lançam suas turbinas pelo coletor para a cabine. Eu já estive em trabalho de campo e vi carros carbonizados e relatórios em que a CAUSA DA FALHA é registrada como "desconhecida".

Não, digo, o papel não é meu. Eu pinço o papel entre dois dedos e arranco da mão dele. A beirada deve ter cortado o dedo dele porque sua mão voa para a boca, e ele está chupando com força, os olhos arregalados. Amasso o papel numa bola e jogo na lixeira perto da minha mesa.

Talvez, digo, você não deveria trazer para mim qualquer lixo que ache por aí.

Domingo à noite, vou ao Homens Remanescentes Juntos e o subsolo da Trinity Episcopal está quase vazio. Só Big Bob e eu nos arrastamos para dentro com cada músculo contundido do avesso, mas o meu coração ainda está disparado e meus pensamentos são um tornado na minha cabeça. Isso é a insônia. A noite toda, seus pensamentos estão suspensos.

A noite toda, você está pensando: Estou dormindo? Eu dormi?

Para piorar, os braços de Big Bob saem das mangas de sua camiseta acolchoados de músculos e tão duros que brilham. Big Bob sorri. Ele está tão feliz de me ver.

Achou que eu tinha morrido.

É, digo, eu também.

"Bem", diz Big Bob, "tenho boas notícias."

Cadê todo mundo?

"Essas são as boas notícias", responde Big Bob. "O grupo debandou. Só venho aqui para avisar para qualquer cara que aparecer."

Eu colapso com os olhos fechados em um dos sofás xadrez de bazar beneficente.

"As boas notícias", retoma Big Bob, "é que tem um grupo novo, mas a primeira regra desse grupo novo é não falar sobre ele."

Ah.

Big Bob diz: "E a segunda regra é não falar sobre ele."

Ah, merda. Eu abro os olhos.

Porra.

"O grupo se chama clube da luta", diz Big Bob, "e se reúne toda sexta-feira à noite numa oficina fechada do outro lado da cidade. Nas noites de quinta-feira, tem outro clube da luta numa oficina mais perto."

Não conheço nenhum desses dois lugares.

"A primeira regra do clube da luta", repete Big Bob, "é não falar sobre o clube da luta."

Noites de quarta, quinta e sexta-feira, Tyler é projecionista de cinema. Eu vi o contracheque dele semana passada.

"A segunda regra do clube da luta", repete Big Bob, "é não falar sobre o clube da luta."

Sábado à noite, Tyler vai para o clube da luta comigo.

"Só dois homens por luta."

Domingo de manhã, vamos para casa arrebentados e dormimos a tarde inteira.

"Uma luta de cada vez", diz Big Bob.

Domingo e segunda à noite, Tyler está servindo mesas.

"Você luta sem camisa e sem sapatos."

Terça-feira à noite, Tyler está em casa fazendo sabonete, empacotando em papel de seda, despachando. A Saboaria da Paper Street.

"As lutas", continua Big Bob, "duram o tempo que precisarem. Essas são as regras inventadas pelo cara que inventou o clube da luta."

Big Bob pergunta: "Você conhece ele?"

"Eu mesmo nunca o vi", prossegue ele, "mas o nome do cara é Tyler Durden."

A Saboaria da Paper Street.

Se eu conheço.

Sei não, respondo.

Talvez.

13

QUANDO CHEGO AO REGENT HOTEL, MARLA ESTÁ NO LOBBY DE ROUPÃO. Ela ligou no meu trabalho e perguntou se eu pularia a academia ou a biblioteca ou a lavanderia ou o que quer que tivesse programado para depois do trabalho e iria vê-la em vez disso.

É por isso que Marla ligou, porque ela me odeia.

Ela não diz absolutamente nada sobre seu fundo de garantia de colágeno.

O que Marla pergunta é se eu faria um favor para ela. Marla estava deitada na cama essa tarde. Ela vive à base de entregas de refeições da Meals on Wheels para os vizinhos que já morreram; Marla recebe as refeições e diz que eles estão dormindo. Para resumir a história, essa tarde, Marla estava simplesmente deitada na cama, esperando a entrega de sempre entre o meio-dia e as duas da tarde. Ela não tem plano de saúde há alguns anos, então parou de procurar, mas essa manhã olhou e parecia haver um caroço e os nódulos debaixo do braço dela em torno do caroço estavam duros e moles ao mesmo tempo e ela não podia contar a ninguém que ama porque não quer assustá-los e não pode arcar com um médico — e se isso não for nada? —, mas precisava falar com alguém e outra pessoa precisava olhar.

A cor dos olhos castanhos de Marla é como a de um animal que foi esquentado numa caldeira e solto na água fria. Eles chamam isso de vulcanizado ou galvanizado ou temperado.

Marla diz que vai perdoar a coisa do colágeno se eu ajudá-la a olhar.

Imagino que ela não ligou para Tyler porque não quer assustá-lo. Eu sou neutro para ela, tenho uma dívida.

Subimos para o quarto dela. Marla comenta que na natureza não vemos animais velhos porque, assim que envelhecem, morrem. Se ficam doentes ou mais lentos, alguma coisa mais forte os mata. Os animais não têm a pretensão de ficar velhos.

Marla deita na cama e abre o nó do roupão, dizendo que nossa cultura fez da morte uma coisa errada. Animais velhos deveriam ser uma exceção não natural.

Aberrações.

Marla está fria e transpirando enquanto conto que, na faculdade, tive uma verruga. No meu pênis, mas uso a palavra pau em vez disso. Fui na faculdade de medicina para removerem. A verruga. Mais tarde, contei para o meu pai. Isso foi anos depois, e meu pai riu e me disse que eu era um bobo porque verrugas assim são camisinhas com protuberâncias naturais. As mulheres as adoram e Deus estava me fazendo um favor.

Ajoelho ao lado da cama com as mãos ainda frias da rua, sentindo pouco a pouco a pele também fria de Marla, friccionando um pouco dela entre os meus dedos a cada centímetro, e Marla diz que aquelas verrugas que são como as camisinhas com protuberâncias de Deus dão câncer cervical nas mulheres.

Então, estava eu sentado usando a camisola descartável na sala de exames da faculdade de medicina enquanto um estudante de medicina espirrou uma lata de nitrogênio líquido no meu pau e oito alunos de medicina assistiam. É assim que você vive sem ter plano de saúde. Só que eles não chamaram de pau, e sim de pênis, e seja lá como você chama, espirre nitrogênio líquido nele e poderia muito bem ter queimado com soda cáustica, tamanha a dor.

Marla ri disso até ver que meus dedos pararam. Como se eu talvez tivesse achado alguma coisa.

Marla para de respirar e sua barriga fica como um tambor, e seu coração está como um punho batendo pela parte de dentro da pele esticada do tambor. Mas não, parei porque estou falando e parei porque, por um minuto, nenhum de nós estava no quarto de Marla. Estávamos na faculdade de medicina anos atrás, sentado no papel grudento com meu pau pegando fogo graças ao nitrogênio líquido quando um dos estudantes de medicina viu meu pé descalço e saiu rápido da sala em duas grandes pernadas. O aluno voltou atrás de três médicos de verdade, e os médicos acotovelaram o homem com a lata de nitrogênio líquido, afastando-o.

Um médico de verdade agarrou meu pé direito descalço e ergueu na cara dos outros médicos de verdade. Os três o viraram e cutucaram e tiraram fotos Polaroid dele, e era como se o resto da pessoa, meio vestida com o presente de Deus meio congelado, não existisse. Só o pé, e o restante dos alunos de medicina se apertavam para ver.

"Há quanto tempo", perguntou o médico, "você está com essa mancha vermelha no pé?"

O médico estava falando da minha marca de nascença. No meu pé direito tem uma marca de nascença que meu pai brinca que parece uma Austrália em vermelho escuro com uma Nova Zelandiazinha ao lado. Isso foi o que eu disse para eles e isso tirou a pressão de tudo. Meu pau estava descongelando. Todo mundo, exceto o estudante com a lata de nitrogênio, saiu, e ficou a sensação de que ele também teria saído, estava tão decepcionado que nunca olhou nos meus olhos enquanto pegou a cabeça do meu pau e o esticou em direção a si. A lata soltou um jato de um spray minúsculo no que tinha sobrado da verruga. A sensação, você podia fechar os olhos e imaginar que seu pau tinha cem quilômetros de comprimento, e ainda assim ia doer.

Marla olha para a minha mão e para a cicatriz do beijo de Tyler.

Eu disse para o estudante de medicina, vocês não devem ver muitas marcas de nascença por aqui.

Não é isso. O estudante disse que todo mundo pensou que a marca de nascença fosse câncer. Havia um novo tipo de câncer que estava atingindo homens jovens. Eles acordam com uma mancha vermelha nos pés ou nos tornozelos. As marcas não somem, espalham até que te cobrem e depois você morre.

O estudante disse que os médicos e todo mundo estava tão animado porque acharam que era aquele tal câncer. Muito poucas pessoas tinham, ainda, mas ele estava se espalhando.

Isso foi anos e anos atrás.

Câncer vai ser assim, digo para Marla. Vai haver erros, e talvez a questão seja não esquecer o resto de você se uma partezinha talvez der errado.

Marla diz: "*Talvez.*"

O estudante com o nitrogênio terminou o serviço e me disse que a verruga cairia depois de alguns dias. No papel grudento perto da minha bunda pelada estava uma foto Polaroid do meu pé que ninguém queria. Perguntei se poderia ficar com a foto.

Ainda a tenho no meu quarto, enfiada na quina de um espelho com a moldura. Penteio o meu cabelo na frente do espelho antes de ir trabalhar toda manhã e penso em como uma vez tive câncer por dez minutos, o que é pior do que câncer.

Digo para Marla que esse dia de Ação de Graças foi o primeiro em que meu avô e eu não fomos patinar ainda que o gelo estivesse com quase quinze centímetros de espessura. Minha avó sempre tem esses curativinhos redondos na testa ou nos braços onde pintas que teve a vida inteira não estão com a aparência certa. Elas se espalham com beiradas franjadas ou as pintas passaram de marrons para roxa ou preta.

Quando minha avó saiu do hospital pela última vez, meu avô carregou a mala dela, e estava tão pesada que ele reclamou de estar se desequilibrando. Minha avó franco-canadense era tão modesta que nunca usou um maiô em público e sempre abria a torneira da pia para disfarçar qualquer barulho que pudesse fazer no banheiro. Saindo do Hospital Nossa Senhora de Lourdes depois de uma mastectomia parcial, ela disse: "*Você* está desequilibrado?"

Para o meu avô, isso resume a história toda, minha avó, câncer, o casamento deles, a sua vida. Ele ri sempre que conta essa história.

Marla não está rindo. Quero fazê-la rir, aquecê-la. Fazê-la me perdoar pelo colágeno, quero dizer que não tem nada ali para ser achado. Se ela achou qualquer coisa essa manhã, foi um erro. Uma marca de nascença.

Marla tem a cicatriz do beijo de Tyler no dorso da mão.

Quero fazê-la rir para não contar a ela sobre a última vez que abracei Chloe, Chloe sem cabelo, um esqueleto mergulhado em cera amarela com um lenço de seda em torno da cabeça careca. Abracei Chloe uma última vez antes de ela desaparecer para sempre. Falei que ela estava parecendo uma pirata, e ela riu. Eu, quando vou para a praia, sempre sento com meu pé direito enfiado debaixo de mim. Austrália e Nova Zelândia, ou o deixo enterrado na areia. Meu medo é que as pessoas vejam meu pé e eu comece a morrer na cabeça delas. O câncer que não tenho está por toda parte agora. Não conto isso para Marla.

Tem muitas coisas que não queremos saber sobre as pessoas que amamos.

Para aquecê-la, para fazê-la rir, conto a Marla sobre a mulher na coluna de Dear Abby que se casou com um agente funerário bonito e bem-sucedido e, na noite de casamento deles, ele a fez ficar numa banheira de água gelada até que sua pele estivesse congelante ao toque. Depois, a fez se deitar na cama completamente imóvel enquanto ele tinha relações com seu corpo frio e inerte.

O engraçado é que essa mulher tinha feito isso como recém-casada e seguiu fazendo isso pelos dez anos seguintes e agora ela escrevia para a Dear Abby para perguntar se Abby achava que isso queria dizer alguma coisa.

É POR ISSO QUE EU ADORAVA TANTO OS GRUPOS DE APOIO, se as pessoas achassem que você estava morrendo, elas te davam toda a atenção.

Se aquela poderia ser a última vez que te veriam, realmente te veriam. Tudo sobre conferir o extrato bancário e as músicas na rádio e o cabelo bagunçado iria para o espaço.

Elas te davam toda a atenção.

As pessoas ouviam em vez de só esperar a vez delas de falar.

E quando elas falavam, não estavam contando uma história. Quando vocês dois conversavam, estavam construindo alguma coisa e no fim das contas, vocês dois se tornariam pessoas diferentes.

Marla tinha começado a ir aos grupos de apoio depois de encontrar seu primeiro caroço.

Na manhã depois de encontrar o segundo caroço, Marla entrou pulando na cozinha com as duas pernas enfiadas numa única perna da meia-calça e disse: “Sou uma sereia.”

Marla disse: “Isso não é como quando os caras sentam com as pernas abertas ao contrário no vaso sanitário e fingem que é uma moto. Isso é um acidente genuíno.”

Logo antes de Marla e eu nos conhecermos no Homens Remanescentes Juntos, havia um primeiro caroço, e agora há um segundo.

O que você precisa saber é que Marla ainda está viva. A filosofia de vida dela, segundo ela mesma, é que pode morrer a qualquer momento. A tragédia da vida dela é que isso não acontece.

Quando Marla encontrou o primeiro caroço, ela foi a uma clínica em que mães espantalhos frouxos ficavam sentadas em cadeiras de plástico em três lados da sala de espera com crianças que pareciam bonecas moles emboladas no colo ou a seus pés. As crianças estavam com o entorno dos olhos encovados e escuros do jeito que laranjas ou bananas estragam e colapsam, e as mães coçavam tapetes de caspa de infecções de fungos no escalpo que estavam fora de controle. Do jeito que os dentes na clínica pareciam enormes nas caras finas de todo mundo, você via que eram só lascas de osso que saem pela sua pele para moer as coisas.

É num lugar desse que você vai parar se não tem plano de saúde.

Antes que qualquer um percebesse, um monte de caras tinha desejado ter filhos, e agora os filhos estão doentes e as mães estão morrendo e os pais estão mortos, e, sentada no cheiro de vômito e mijo e vinagre no hospital enquanto uma enfermeira pergunta a cada mãe há quanto tempo ela está doente e quanto peso perdeu e se a criança tem algum pai ou guardião vivo, Marla decide, não.

Se ia morrer, ela não queria saber.

Marla virou a esquina da clínica para a City Laundry e roubou todos os jeans das secadoras, depois foi a pé a um revendedor que lhe deu quinze pratas por cada. Depois comprou uma meia-calça das boas, daquelas que não rasgam.

"Até o tipo bom que não desfia", diz Marla, "faz bolinhas."

Nada é estático. Tudo está indo por água abaixo.

Marla começou a ir aos grupos de apoio já que era mais fácil estar perto de outros paninhos de bunda humanos. Todo mundo tem alguma coisa errada. E por um tempo, o coração dela só meio que se estabilizou.

Marla começou num emprego fazendo planos pré-pagos de funerais para um necrotério onde às vezes grandes homens gordos, mas em geral mulheres gordas, saíam do showroom do necrotério levando uma urna crematória do tamanho de um porta-ovo, e Marla ficava sentada lá na mesa no saguão com seu cabelo escuro preso num coque baixo, usando sua meia-calça empelotada, com seu caroço no peito e sua ruína, e dizia: "Madame, não lisonjeie a si mesma. A gente não conseguiria nem enfiar a sua cabeça queimada nessa coisa minúscula. Volte e compre uma urna do tamanho de uma bola de boliche."

O coração de Marla tinha a mesma aparência do meu rosto agora. A porcaria e o lixo do mundo. Paninhos de bunda humanos pós-consumo que ninguém nunca se daria o trabalho de reciclar.

Entre os grupos de apoio e a clínica, Marla me disse, ela tinha conhecido muita gente que estava morta. Essas pessoas estavam mortas e do outro lado, e à noite elas telefonavam. Marla ia a bares e ouvia o bartender chamar seu nome, e quando ela atendia a chamada a linha estava dando ocupado.

Na época, ela achou que isso era chegar ao fundo do poço.

"Quando você tem vinte e quatro anos", diz Marla, "não faz ideia do quanto pode realmente cair, mas eu aprendia rápido."

Na primeira vez que Marla encheu uma urna crematória não usou máscara facial, e mais tarde ela assoou o nariz e lá no papel havia uma bagunça preta do Sr. Seja Lá Quem Fosse.

Na casa da Paper Street, se o telefone tocasse só uma vez e você o atendesse e já estivesse dando ocupado, sabia que era alguém tentando falar com Marla. Isso aconteceu mais do que você pode imaginar.

Na casa da Paper Street, um investigador da polícia começou a telefonar para falar da explosão no meu apartamento, e Tyler ficou parado com o peito encostado no meu ombro, cochichando no meu ouvido enquanto eu segurava o telefone na outra orelha, e o investigador perguntou se eu conhecia alguém que sabia fazer dinamite caseira.

"Desastre é uma parte natural da minha evolução", cochichou Tyler, "em direção à tragédia e à dissolução."

Eu disse para o investigador que tinha sido a geladeira que explodiu o meu apartamento.

"Estou rompendo meu apego ao poder físico e posses", cochichou Tyler, "porque é só me destruindo que posso descobrir o poder maior do meu espírito."

A dinamite, disse o detetive, tinha impurezas, um resíduo de oxalato de amônio e perclorato de potássio que podiam significar que a bomba era caseira, e a tranca superior da porta da frente estava estilhaçada.

Eu disse que estava na capital, em Washington, naquela noite.

O detetive no telefone explicou como alguém tinha borrifado uma lata de Freon dentro da tranca e depois dado uma batida na tranca com um cinzel para estraçalhar o cilindro. É assim que os criminosos estão roubando bicicletas.

"O liberador que destrói minha propriedade", disse Tyler, "está lutando para salvar meu espírito. O professor que tira todas as posses do meu caminho vai me libertar."

O detetive diz que quem quer que tenha armado a dinamite caseira não poderia ter ligado o gás e queimado as lâmpadas-piloto no fogão dias antes de a explosão acontecer. O gás foi só o gatilho. Teria levado dias para o gás encher o apartamento antes de alcançar o compressor na base da geladeira, que deflagraria a explosão.

"Diz pra ele", cochichou Tyler. "Sim, foi você que fez isso. Você explodiu tudo. É isso que ele quer ouvir."

Digo ao detetive que não, não deixei o gás ligado e depois saí da cidade. Eu amava a minha vida, amava aquele apartamento. Amava cada um dos móveis. Aquela era toda a minha vida. Tudo, as luminárias, as cadeiras, os tapetes eram eu. Os pratos nos armários eram eu. As plantas eram eu. A televisão era eu. Estavam explodindo a mim. Ele não conseguia ver isso?

O investigador me diz para não sair da cidade.

15

VOSSA EXCELÊNCIA, SENHOR PRESIDENTE

do departamento local do sindicato nacional dos projecionistas de cinema unidos acabou de se sentar.

Debaixo e atrás e dentro de tudo que o homem tomava como garantido, alguma coisa horrível estava crescendo.

Nada é estático.

Tudo está desmoronando.

Sei disso porque Tyler sabe disso.

Por três anos, Tyler vinha fazendo montagem e desmontagem para uma cadeia de cinemas. Um filme viaja em seis ou sete rolos guardados em uma maleta de metal. O trabalho de Tyler era emendar os pequenos rolos em rolos únicos de um metro e meio para que projetores que tocavam e rebobinam sozinhos conseguissem funcionar. Depois de três anos, sete cinemas, pelo menos três telas por cinema, filmes novos toda semana, Tyler tinha lidado com centenas de cópias.

Lamentável, mas, com mais projetores que tocavam e rebobinavam sozinhos, o sindicato não precisava mais de Tyler. O senhor presidente do departamento teve que chamar Tyler para uma reuniãozinha.

O trabalho era chato e o pagamento era uma merda, então o presidente do sindicato de operadores de projetores independentes unidos e da união dos cinemas unidos disse que estava fazendo a Tyler Durden um favor capitular ao fodê-lo diplomaticamente.

Não pense nisso como uma rejeição. Pense nisso como uma redução.

Bem no meio do rabo o próprio senhor presidente do departamento diz: "Agradecemos sua contribuição para o nosso sucesso."

Ah, não era um problema, garantiu Tyler, e deu uma risadinha. Desde que o sindicato continuasse mandando um contracheque, ele ficaria de bico calado.

Tyler disse: "Pense nisso como uma aposentadoria antecipada, com pensão."

Tyler tinha lidado com centenas de cópias.

Filmes tinham voltado para o distribuidor. Filmes tinham sido relançados. Comédia. Drama. Musicais. Romance. Aventura e ação.

Unidos com os lampejos de pornografia de um frame de Tyler.

Sodomia. Felação. Cunilíngua. Bondage.

Tyler não tinha nada a perder.

Tyler era o fantoche do mundo, o lixo de todo mundo.

E isso foi o que Tyler me fez decorar para dizer ao gerente do Pressman Hotel.

No outro emprego de Tyler, no hotel, Tyler disse que ele não era ninguém. Ninguém ligava se ele estava vivo ou morto, e o sentimento era mútuo pra cacete. Isso foi o que Tyler me disse para falar no escritório do gerente do hotel com seguranças parados do lado de fora da porta.

Tyler e eu ficamos acordados até tarde e trocamos histórias depois que tudo tinha terminado.

Logo depois que ele tinha ido ao sindicato dos projecionistas, Tyler me fez confrontar o gerente do Pressman Hotel.

Tyler e eu estávamos cada vez mais parecendo gêmeos idênticos. Nós dois tínhamos maçãs do rosto arrebentadas, e nossa pele tinha perdido a memória e esquecido para onde voltar a deslizar depois que éramos socados.

Os meus hematomas eram do clube da luta, e a cara de Tyler estava desfigurada de tão arrebentada pelo presidente do sindicato dos projecionistas. Depois que se arrastou para fora da sede do sindicato, fui falar com o gerente do Pressman Hotel.

Eu me sentei lá, no escritório do gerente do Pressman Hotel.

Sou a Vingança Cínica do Joe.

A primeira coisa que o gerente do hotel disse foi que eu tinha três minutos. Nos primeiros trinta segundos, eu disse como vinha mijando na sopa, peidando em *crème brûlées*, espirrando em endívias refogadas, e que queria que o hotel me mandasse um cheque toda semana equivalente ao meu pagamento médio semanal mais gorjetas. Em troca, eu não iria mais trabalhar e não procuraria os jornais ou o pessoal da saúde pública com uma confissão confusa e chorosa.

As manchetes:

Garçom Transtornado Admite Macular Comida.

Claro, eu disse, posso ir para a prisão. Eles podiam me colocar na forca e cortar minhas bolas fora e me arrastar pelas ruas e esfolar minha pele e me queimar com soda cáustica, mas o Pressman Hotel sempre seria conhecido como o hotel em que as pessoas mais ricas do mundo comiam mijo.

As palavras de Tyler saindo da minha boca.

E eu costumava ser uma pessoa tão boa.

No escritório do sindicato dos projecionistas, Tyler tinha rido depois que o presidente do sindicato lhe deu um soco. Um único soco o derrubou da cadeira, e Tyler estava sentado encostado na parede, rindo.

"Vai, você não pode me matar", Tyler estava rindo. "Seu estúpido da porra. Pode me bater pra cacete, mas não pode me matar."

Você tem coisas demais a perder.

Eu não tenho nada.

Você tem tudo.

Vai, bem na barriga. Dá outro soco na minha cara. Arranca meus dentes, mas não para de mandar os contracheques. Quebra minhas costelas, mas, se deixar uma semana de pagamento passar, vou a público, e você e o seu sindicatozinho vão cair com processos de cada dono de cinema e distribuidor de filmes e mamães cujos filhos talvez tenham visto uma ereção em *Bambi*.

"Sou um lixo", disse Tyler. "Sou um lixo e uma merda e pirado pra você e pra porra desse mundo inteiro", disse ele para o presidente do sindicato. "Você não liga se estou vivo ou morto ou pra como me sinto, ou o que como ou como sustento meus filhos ou como pago o médico se ficar doente, e, sim, sou estúpido e estou entediado e sou fraco, mas ainda sou sua responsabilidade."

Sentado no escritório do Pressman Hotel, minha boca de clube da luta ainda estava cortada em mais ou menos dez segmentos. O cuzinho na minha bochecha olhando para o gerente do Pressman Hotel, era tudo bem convincente.

Basicamente, eu disse as mesmas coisas que Tyler disse.

Depois que o presidente do sindicato tinha esmurrado Tyler no chão, depois que o senhor presidente viu que Tyler não estava revidando, vossa excelência com seu grande corpo de Cadillac maior e mais forte do que jamais precisaria, vossa excelência recuou seu sapato escocês e chutou Tyler nas costelas e Tyler riu. Vossa excelência disparou o sapato escocês nos rins de Tyler depois que Tyler se enrodilhou em uma bola, mas Tyler ainda estava rindo.

"Bota pra fora", disse Tyler. "Pode confiar. Você vai se sentir muito melhor. Vai se sentir ótimo."

No escritório do Pressman Hotel, perguntei ao gerente do hotel se podia usar o telefone e digitei o número da editoria de cidade do jornal. Com o gerente do hotel observando, eu disse:

Olá, cometi um crime terrível contra a humanidade como parte de um protesto político. Meu protesto é sobre a exploração dos trabalhadores na indústria de serviços.

Se fosse para a prisão, eu não seria apenas um peão desequilibrado adulterando a sopa. Isso teria uma escala heroica.

Garçom Robin Hood Defende Pobres.

Isso teria relação com muito mais coisa do que apenas um hotel e um garçom.

O gerente do Pressman Hotel muito delicadamente tirou o telefone da minha mão e disse que não me queria mais trabalhando ali, não com a aparência que eu estava.

Estou parado na cabeceira da mesa do gerente quando digo: o quê?

Você não gosta *disso*?

E sem pestanejar, ainda olhando para o gerente, giro meu punho na força centrífuga do fim do meu braço e me golpeio, arrancando sangue fresco das cascas rachadas no meu nariz.

Sem absolutamente nenhuma razão, me lembro da noite em que Tyler e eu lutamos pela primeira vez. *Quero que você me bata com o máximo de força que conseguir.*

Esse não foi um soco tão forte assim. Dou outro soco em mim mesmo. Fica bonito, todo o sangue, mas me lanço de costas contra a parede para fazer um barulho terrível e quebro o quadro que está pendurado nela.

O vidro quebrado e a moldura e a pintura de flores e o sangue vão para o chão comigo fazendo palhaçadas. Estou sendo muito bobo. Sangue mancha o tapete e eu agarro a beira da mesa do gerente do hotel e deixo marcas ensanguentadas de mão nela e digo: por favor, me ajuda. Então, começo a dar risadinhas.

Me ajuda, por favor.

Por favor, não me bate de novo.

Eu deslizo de volta para o chão e arrasto meu sangue pelo tapete. As primeiras palavras que vou dizer é *por favor*. Então fico de boca fechada. O monstro se arrasta pelos adoráveis buquês e guirlandas do tapete oriental. O sangue cai do meu nariz e escorre pelo fundo da minha garganta para a minha boca, quente. O monstro se arrasta pelo tapete, quente e pegando os fiapos e o pó se grudando no sangue em suas garras. E ele se arrasta perto o bastante para agarrar o gerente do Pressman Hotel em torno de seus tornozelos com riscas de giz e diz:

Por favor.

Diz.

Por favor sai junto com uma bolha de sangue.

Diz.

Por favor.

E a bolha estoura sangue para todo lado.

E foi assim que Tyler ficou livre para começar um clube da luta todos os dias da semana. Depois disso, havia sete clubes da luta, e depois disso havia quinze clubes da luta, e depois disso havia vinte e três clubes da luta, e Tyler queria mais. Havia sempre dinheiro entrando.

Por favor, peço ao gerente do Pressman Hotel, me dê o dinheiro. E dou uma risadinha, de novo.

Por favor.

E, por favor, não me bate de novo.

Você tem tanto, e eu não tenho nada. E começo a subir com meu sangue pelas pernas de riscas de giz do gerente do Pressman Hotel que está se inclinando para trás, com as mãos no parapeito atrás dele, e até seus lábios estão recuando de seus dentes.

O monstro engancha suas garras sangrentas na cintura da calça do gerente, e me ergo para agarrar a camisa branca engomada, e envolvo minhas mãos ensanguentadas em torno dos pulsos delicados do gerente.

Por favor. Dou um sorriso grande o bastante para abrir meus lábios.

Há uma luta enquanto o gerente grita e tenta afastar as mãos de mim e do meu sangue e do meu nariz esmagado, o grude nojento do sangue em nós dois, e bem nessa hora, no nosso momento mais excelente, os seguranças decidem entrar.

SAIU NO JORNAL DE HOJE QUE ALGUÉM ARROMBOU ESCRITÓRIOS entre o décimo e o décimo quinto andares da Hein Tower e escalou do lado de fora entre as janelas dos escritórios, e pintou um sorrisinho de cinco andares na fachada sul do prédio, e aí ateou fogo lá dentro de modo que a janela do centro de cada olho gigante ardesse enorme e vivo e inescapável sobre a cidade no amanhecer.

Na fotografia na primeira página do jornal, a cara é uma abóbora nervosa, um demônio japonês, um dragão de avarícia pendurado no céu, e a fumaça é a sobrancelha de uma bruxa ou os chifres do diabo. E as pessoas gritavam, as cabeças jogadas para trás, olhando para cima.

O que aquilo significava?

E quem faria aquilo? E mesmo depois que o fogo apagou, a cara ainda estava lá, e estava pior. Os olhos vazios pareciam vigiar todo mundo na rua, mas ao mesmo tempo estavam mortos.

Cada vez mais, coisas do tipo aparecem no jornal.

É claro que você lê isso e quer saber na mesma hora se era parte do Projeto Destruição.

O jornal diz que a polícia não tem pistas de verdade. Gangues de jovens ou alienígenas do espaço, quem quer que tivesse sido poderia ter morrido enquanto rastejava por parapeitos e se pendurava de peitoris com latas de tinta em spray preta.

Tinha sido o Comitê de Estragos ou o Comitê de Incêndios? A cara gigante provavelmente tinha sido a lição de casa deles da semana passada.

Tyler saberia, mas a primeira regra sobre o Projeto Destruição é não fazer perguntas sobre o Projeto Destruição.

Essa semana no Comitê de Agressão do Projeto Destruição, Tyler diz ter explicado a todo mundo como se usava uma arma. Tudo que uma arma faz é concentrar uma explosão numa única direção.

Na última reunião do Comitê de Agressão, ele levou uma arma e as páginas amarelas da lista telefônica. Eles se reuniram no porão em que o clube da luta se encontra no sábado à noite. Cada comitê se reúne numa noite diferente:

Incêndio se reúne na segunda-feira.

Agressão na terça-feira.

Artimanha se reúne na quarta-feira.

E Desinformação se encontra na quinta-feira.

Caos Organizado. A Burocracia da Anarquia. Você resolve.

Grupos de apoio. Mais ou menos.

Então, terça à noite, o Comitê de Agressão propôs eventos para a semana seguinte, e Tyler leu as propostas e deu ao comitê sua lição de casa.

Na semana que vem, cada cara do Comitê de Agressão tem de começar uma luta em que não vai sair como herói. E não no clube da luta. Isso é mais difícil do que parece. Um homem na rua vai fazer qualquer coisa para não brigar.

A ideia é pegar um Joe qualquer na rua que nunca esteve numa briga e recrutá-lo. Deixe-o ganhar pela primeira vez na vida. Faça com que ele exploda. Dê a ele permissão para te dar uma bela surra.

Você aguenta. Se você ganhar, está fodido.

"O que temos que fazer, gente", disse Tyler para o comitê, "é lembrar a esses caras que tipo de poder eles ainda têm."

Esse é o discurso motivacional de Tyler. Depois ele abriu cada um dos quadrados de papel dobrados na caixa de papelão na sua frente. É assim que cada comitê propõe eventos para a semana seguinte. Escreva o evento no bloco do comitê. Arranque a folha, dobre e a coloque na caixa. Tyler verifica as propostas e joga fora qualquer ideia ruim.

Para cada ideia que joga fora, Tyler coloca um papel em branco dobrado na caixa.

Então todo mundo no comitê pega um papel da caixa. Do jeito que Tyler explicou o processo para mim, se alguém tirar um papel em branco, terá apenas uma lição de casa para fazer naquela semana.

Se tirar uma proposta, então tem de ir ao festival de cerveja importada este fim de semana e empurrar um cara em um banheiro químico. E você vai ganhar um favor extra se apanhar fazendo isso. Ou tem de comparecer a um desfile de moda no átrio do shopping center e jogar gelatina de morango do mezanino.

Se você for preso, está fora Comitê de Agressão. Se você rir, está fora do comitê.

Ninguém sabe quem tira uma proposta, ninguém exceto Tyler sabe quais são todas as propostas e quais são aceitas e quais propostas ele joga no lixo. Mais tarde naquela semana, você pode ler no jornal sobre um homem não identificado, no centro da cidade, pulando no motorista de um Jaguar conversível e guiando o carro para dentro de um chafariz.

Você tem de se perguntar. Isso era uma proposta do comitê que você poderia ter tirado?

Na próxima terça-feira à noite, vai estar na reunião do Comitê de Agressão debaixo da única luz no porão escuro do clube da luta, e ainda está se perguntando quem forçou aquele Jaguar para dentro do chafariz.

Quem foi para o telhado do museu de arte e atirou com armas de *paint ball* nas esculturas da recepção?

Quem pintou a máscara de demônio ardente na Hein Tower?

Na noite da lição da Hein Tower, você pode imaginar uma equipe de funcionários judiciais e contadores ou mensageiros se esgueirando para dentro de escritórios onde ficaram sentados o dia inteiro. Talvez eles estivessem um pouco bêbados, mesmo se isso fosse contra as regras do Projeto Destruição, e usaram cartões de acesso onde puderam e, com as latas de spray de Freon, estraçalharam cilindros de fechaduras para que pudessem se pendurar, fazendo rapel na fachada de tijolo da torre, caindo, confiando um no outro para segurar cordas, balançando, correndo o risco de uma morte rápida em escritórios onde todos os dias eles sentiam que estavam mais perto do fim de suas vidas uma hora de cada vez.

Na manhã seguinte, esses mesmos funcionários e representantes de assistentes de contas estariam na multidão com seus cabelos cuidadosamente penteados olhando lá para o alto, grogues sem dormir mas sóbrios e usando gravatas e ouvindo a multidão ao redor se perguntar "quem faria isso", e a polícia grita para todo mundo por favor chegar para trás, enquanto escorre água do centro quebrado e enfumaçado de cada olho gigante.

Tyler me disse em segredo que nunca tinha existido mais de quatro boas propostas em uma reunião, então suas chances de tirar uma proposta de verdade e não um papel em branco eram de quatro em dez. Há vinte e cinco caras no Comitê de Agressão, incluindo Tyler. Todo mundo recebe a sua lição de casa: perder uma briga em público; e cada membro tira uma proposta.

Esta semana, Tyler disse: "Saiam e comprem uma arma."

Tyler deu a um cara as páginas amarelas da lista telefônica e disse para ele rasgar um anúncio. Então passar a lista para o cara seguinte. Dois caras não deviam ir ao mesmo lugar comprar ou atirar.

"Isso", disse Tyler, e tirou uma arma do bolso do casaco, "isso é uma arma e, em duas semanas, cada um de vocês deve ter uma, mais ou menos desse tamanho, para trazer para a reunião.

"É melhor vocês pagarem com dinheiro", orientou Tyler. "Na próxima reunião, vocês vão trocar armas e prestar queixa da arma que compraram como roubadas."

Ninguém perguntou nada. Não fazer perguntas é a primeira regra do Projeto Destruição.

Tyler passou a arma na roda. Era tão pesada para uma coisa tão pequena, como se uma coisa gigante como uma montanha ou o sol tivessem colapsado e derretido para criar aquilo. Os caras do comitê a seguraram com dois dedos. Todo mundo queria perguntar se ela estava carregada, mas a segunda regra do Projeto Destruição é não fazer perguntas.

Talvez estivesse carregada, talvez não. Talvez devêssemos sempre presumir o pior.

"Uma arma", disse Tyler, "é simples e perfeita. Você apenas puxa o gatilho."

A terceira regra do Projeto Destruição é sem desculpas.

"O gatilho", disse Tyler, "libera o cão, que atinge a pólvora."

A quarta regra é sem mentiras.

"A explosão estoura uma bala de metal da extremidade aberta do cartucho, e o cano da arma se concentra em explodir a pólvora, disparando a bala", continuou, "como um homem fora de um canhão, como um míssil fora de um silo, como a sua porra, em uma direção."

Quando inventou o Projeto Destruição, Tyler disse que o objetivo do Projeto Destruição não tinha nada a ver com outras pessoas. Tyler não ligava se as pessoas se machucavam ou não. O objetivo era ensinar a cada homem do projeto que ele tinha o poder de controlar a história. Nós, cada um de nós, pode assumir o controle do mundo.

Foi no clube da luta que Tyler inventou o Projeto Destruição.

Cutuquei um novato uma noite no clube da luta. Naquele sábado à noite, um rapaz novo com uma carinha de anjo veio para seu primeiro dia no clube da luta, e eu o cutuquei, chamando para uma luta. Essa é a regra. Se é sua primeira noite no clube da luta, você tem que lutar. Eu sabia disso, então o cutuquei porque a insônia estava pegando de novo, e eu estava a fim de destruir alguma coisa bonita.

Como a maior parte do meu rosto nunca tem a chance de sarar, não tenho nada a perder no ramo das aparências. Meu chefe, no trabalho, perguntou o que eu estava fazendo a respeito do buraco na minha bochecha que nunca sara. Quando eu tomo café, coloco dois dedos em cima para o líquido não vazar.

Há um tipo de estrangulamento que deixa apenas ar o bastante para uma pessoa ficar acordada, e naquela noite no clube da luta eu bati no novato e martelei aquela cara linda do senhor anjo, primeiro com os nós dos dedos ossudos do meu punho como um molar latejante, e a extremidade nodosa e dura do meu punho depois das juntas ficou em carne viva por causa do choque com os dentes dele. Então o garoto caiu pelos meus braços numa pilha.

Tyler me disse mais tarde que nunca tinha me visto destruir algo por completo. Naquela noite, ele sabia que tinha que subir um pouco o sarrafo do clube da luta ou fechá-lo.

Tyler disse, sentado na mesa do café da manhã no dia seguinte: "Você parecia um maníaco, garoto-psicopata. Aonde você foi?"

Eu disse que me sentia um merda e que não tinha relaxado. Não senti nenhum tipo de barato depois. Talvez eu tenha desenvolvido um vício. Você pode desenvolver uma tolerância às lutas, e talvez eu precisasse ir além, para algo maior.

Naquela manhã, Tyler inventou o Projeto Destruição.

Tyler perguntou contra o que eu estava realmente lutando.

O que Tyler diz sobre sermos o lixo e os servos da história, é como eu me sentia. Eu queria destruir tudo de bonito que eu nunca teria. Queimar as florestas tropicais da Amazônia. Bombear clorofluorcarbonetos direto para a camada de ozônio. Abrir as válvulas de descarga de supertanques e destampar poços de petróleo *offshore*. Eu queria matar todos os peixes que não conseguiria dar conta de comer, e suprimir todas as praias francesas que nunca veria.

Eu queria que o mundo todo chegasse ao fundo do poço.

Arrebentando aquele garoto, eu realmente queria colocar uma bala no meio dos olhos de cada panda ameaçado que não cruzaria para salvar a própria espécie e cada baleia ou golfinho que desistiu e se lançou para a terra.

Não pense nisso como uma extinção. Pense nisso como uma redução.

Por milhares de anos, seres humanos tinham fodido e destruído e cagado nesse planeta, e a história esperava que eu limpasse a sujeira de todo mundo. Tenho que lavar e amassar minhas latas de sopa. E me responsabilizar por cada gota de óleo de motor usada.

E tenho que correr atrás da conta de lixo nuclear e tanques de gasolina enterrados e aterros sanitários cheios de lama tóxica despejada uma geração antes de eu ter nascido.

Segurei a cara do senhor anjo como um bebê ou uma bola de futebol na dobra do meu braço e o golpeei com as juntas dos meus dedos, o soquei até que os dentes dele se quebraram. Eu o golpeei com meu cotovelo depois daquilo até que ele caiu entre meus braços e aos meus pés. Até que a pele estivesse pilada nas maçãs do rosto e ficasse roxa.

Eu queria respirar fumaça.

Pássaros e cervos são um luxo bobo, e todos os peixes deviam estar boiando.

Eu queria queimar o Louvre. Eu acabaria com os Mármores do Elgin com uma única marretada e limparia a bunda com a *Mona Lisa*. Esse é o meu mundo agora.

Esse é o meu mundo, meu mundo, e aquele povo antigo está morto.

Foi num café da manhã o dia em que Tyler inventou o Projeto Destruição.

Eu queria varrer a história do mundo.

Nós estávamos tomando café da manhã na casa da Paper Street, e Tyler disse: imagine a si mesmo plantando rabanetes e brotando batatas no *green* quinze de um campo de golfe esquecido.

Você vai caçar alces pelas florestas de cânions de florestas úmidos em torno das ruínas do Rockefeller Center, e desenterrar mexilhões perto do esqueleto do Space Needle tombado num ângulo de quarenta e cinco graus. Vamos pintar os arranha-céus com caras de tótens enormes e tikis duendes, e a cada noite o que tiver sobrado da humanidade vai se recolher para zoológicos vazios e se trancar em jaulas como proteção contra ursos e grandes felinos e lobos que marcham e nos vigiam do lado de fora das barras da jaula à noite.

"Reciclagem e limites de velocidade são besteira", disse Tyler. "São como alguém que para de fumar no leito de morte."

É o Projeto Destruição que vai salvar o mundo. Uma era do gelo cultural. Uma idade das trevas prematuramente induzida. O Projeto Destruição vai forçar a humanidade a ficar dormente ou em remissão tempo o bastante para a Terra se recuperar.

"Você justifica a anarquia", diz Tyler. "Você dá um jeito."

Como o clube da luta faz com funcionários e empacotadores, o Projeto Destruição vai desintegrar a civilização para que possamos fazer alguma coisa melhor do mundo.

"Imagine", disse Tyler, "espreitar alces além de vitrines de lojas de departamento e araras fedidas de lindos vestidos e smokings apodrecendo em cabides; você vai usar roupas de couro que vão durar o resto da sua vida, e vai escalar as trepadeiras kudzu grossas como um pulso envolvendo a Sears Tower. João e o pé de feijão, você vai escalar pelo copado gotejante da floresta e o tempo vai estar tão limpo que você vai ver figuras minúsculas socando milho e esticando tiras de carne de cervo para secar na faixa exclusiva para carros com mais de um ocupante de uma superautoestrada abandonada que se estende por oito pistas de largura e quente como em pleno verão por mais de mil e quinhentos quilômetros."

Esse era o objetivo do Projeto Destruição, disse Tyler, a destruição completa e imediata da civilização.

O que vem depois no Projeto Destruição, ninguém sabe, exceto Tyler. A segunda regra é não fazer perguntas.

"Não comprem nenhuma bala", disse Tyler para o Comitê de Agressão. "E só para não terem que se preocupar com isso, sim, vocês vão ter que matar alguém."

Incêndio. Agressão. Estragos e Desinformação.

Sem perguntas. Sem perguntas. Sem desculpas e sem mentiras.

A quinta regra do Projeto Destruição é ter que confiar em Tyler.

17

MEU CHEFE TRAZ OUTRA FOLHA DE PAPEL

à minha mesa e a pousa no meu cotovelo. Eu nem uso mais gravata. Meu chefe está usando sua gravata azul, então deve ser quinta-feira. A porta para a sala do meu chefe passou a estar sempre fechada, e não trocamos mais de duas palavras desde que ele encontrou as regras do clube da luta na copiadora e eu talvez tenha insinuado que posso arrebentá-lo com uma bala de espingarda. Eu e minhas palhaçadas, de novo.

Ou posso chamar o pessoal do Compliance do Departamento de Transportes. Há uma braçadeira de montagem do assento dianteiro que nunca passou no teste de colisão antes de ir para a produção.

Se você souber onde olhar, há corpos enterrados por toda parte.

Bom dia, eu digo.

Ele diz: "Bom dia."

Pousado no meu cotovelo está outro documento cuja importância existe só para mim, algo que Tyler queria que eu digitasse e que fizesse cópias. Há uma semana, ele estava medindo com passos as dimensões do porão da casa alugada da Paper Street. São sessenta e cinco passos pé ante pé da frente para o fundo e quarenta de uma lateral à outra. Tyler estava pensando em voz alta e me perguntou: "Quanto é seis vezes sete?"

Quarenta e dois.

"E quarenta e dois vezes três?"

Cento e vinte e seis.

Tyler me deu uma lista escrita a mão de anotações e disse para eu digitar e fazer setenta e duas cópias.

Por que tantas cópias?

"Porque", respondeu Tyler, "esse é o número de caras que podem dormir no porão, se os colocarmos em treliches do exército."

Mas e as coisas deles?

Tyler disse: "Eles não vão trazer nada além do que está na lista, coisas que devem caber debaixo de um colchonete."

A lista que meu chefe encontra na copiadora, o contador da copiadora ainda programado para setenta e duas cópias. A lista diz:

"Trazer os itens exigidos não garante a admissão ao treinamento, mas nenhum candidato vai ser considerado a não ser que chegue equipado com os seguintes itens e exatamente quinhentos dólares em espécie para despesas de enterro pessoal."

Custa pelo menos trezentos dólares para cremar o cadáver de um indigente, Tyler me disse, e o preço estava subindo. Qualquer um que morrer sem pelo menos esse valor em dinheiro terá o cadáver numa aula de autópsias.

Esse dinheiro deve ser sempre levado dentro do sapato do estudante de modo que, se acontecer de ele ser morto, sua morte não será um fardo para o Projeto Destruição.

Além disso, o candidato deve chegar com os seguintes itens:

Duas camisas pretas.

Duas calças pretas.

Um par de sapatos pretos robustos.

Dois pares de meias pretas e duas cuecas lisas.

Um casaco pesado preto.

Isso inclui as roupas que o candidato está usando.

Uma toalha branca.

Um colchonete de campanha do exército.

Uma tigela de plástico branca.

Na minha mesa, com meu chefe ainda parado lá, pego a lista original e digo a ele, obrigado. Meu chefe volta para a sala dele, e eu volto a jogar paciência no meu computador.

Depois do trabalho, dou a Tyler as cópias, e os dias seguem. Vou para o trabalho.

Vou para casa.

Vou para o trabalho.

Vou para casa, e tem um cara parado no alpendre. O cara está na porta de entrada com sua segunda camisa preta e calça num saco de papel pardo, e colocou os últimos três itens, uma toalha branca, um colchonete de campanha do exército e uma tigela branca pousados no gradil do alpendre. De uma janela do andar de cima, Tyler e eu espiamos o cara, e Tyler me diz para mandar o cara embora.

"Ele é novo demais", diz Tyler.

O cara no alpendre é o senhor cara de anjo que tentei destruir na noite em que Tyler inventou o Projeto Desastre. Até com os dois olhos roxos e o cabelo loiro em corte militar, você vê sua bela carranca dura sem rugas ou cicatrizes. Coloque ele num vestido e o faça sorrir, e ele seria uma mulher. O senhor anjo simplesmente fica lá com os dedos do pé encostados na porta de entrada, olhando para a madeira lascada a sua frente, com as mãos ao longo do corpo, usando sapatos pretos, camisa preta, calça preta.

"Se livra dele", diz Tyler. "Ele é novo demais."

Eu pergunto quão novo é novo demais?

"Não interessa", diz Tyler. "Se o candidato é novo, a gente diz que ele é novo demais. Se ele é gordo, que é gordo demais. Magro, que é magro demais. Branco, que é branco demais. Negro, que é negro demais."

É assim que os templos budistas testaram candidatos remontando há uma porrada de zilhões de anos, conta Tyler. Você manda o candidato ir embora e, se a determinação dele for tão forte que ele espera na entrada sem comida ou abrigo ou incentivo por três dias, então e só então ele pode entrar e começar o treinamento.

Então, digo ao senhor anjo que ele é novo demais, mas na hora do almoço ele ainda está lá. Depois do almoço, saio e bato no senhor anjo com uma vassoura e chuto o saco com as coisas dele para o meio da rua. Do andar de cima, Tyler me vê dando tacadas com a vassoura na orelha do garoto, que só fica lá, parado, então eu chuto as coisas dele para a sarjeta e grito.

Vai embora, estou gritando. Não ouviu? Você é novo demais. Nunca vai conseguir, grito. Volta daqui a alguns anos e se candidata de novo. Só vai embora. Só some do meu alpendre.

No dia seguinte, o cara ainda está ali, e Tyler sai para dizer "Desculpa." Tyler diz que sente muito por ter falado para o cara sobre o treinamento, mas o cara é realmente novo demais, e deveria só ir embora.

Policial bom. Policial mau.

Eu grito com o pobre do garoto, de novo. Então, seis horas depois, Tyler sai e diz que sente muito, mas não. O cara tem que ir embora. Tyler diz que vai chamar a polícia se ele não for embora.

E o cara fica.

E as roupas dele ainda estão na sarjeta. O vento leva o saco de papel rasgado para longe.

E o cara fica.

No terceiro dia, outro candidato está na porta. O senhor anjo ainda está lá. Tyler desce e diz para o senhor anjo: "Entra. Recolhe as suas coisas da rua e entra."

Para o cara novo, Tyler diz que sente muito, mas houve um erro. O tal cara é velho demais para treinar aqui, e pode fazer o favor de ir embora.

Vou para o trabalho todo dia. Volto para casa, e todo dia tem um ou dois caras esperando no alpendre. Esses caras não fazem contato visual. Eu fecho a porta e os deixo lá. Isso acontece todo dia por um tempo e, às vezes, os candidatos vão embora, mas, na maioria das vezes, aguentam até o terceiro dia, até que a maioria das setenta e duas camas de campanha que Tyler e eu compramos e montamos no porão estão cheias.

Um dia, Tyler me dá quinhentos dólares em dinheiro e me diz para guardar no meu sapato o tempo todo. O dinheiro para meu enterro pessoal. Essa é outra coisa antiga do monastério budista.

Chego em casa do trabalho e a casa está cheia de estranhos que Tyler aceitou. Todos estão trabalhando. O primeiro andar inteiro vira uma cozinha e uma fábrica de sabão. O banheiro nunca está vazio. Equipes de homens desaparecem por alguns dias e voltam para casa com sacolas de borracha vermelha de gordura rala e aguada.

Uma noite, Tyler vai ao andar de cima, me encontra escondido no meu quarto e diz: "Não liga pra eles. Todos eles sabem o que fazer. É parte do

Projeto Destruição. Nenhum dos caras entende o plano inteiro, mas cada cara é treinado para fazer uma única tarefa à perfeição."

A regra no Projeto Destruição é ter que confiar em Tyler.

Então, Tyler some.

Equipes de caras do Projeto Destruição processam gordura o dia inteiro. Não durmo mais. A noite toda escuto equipes misturarem a soda cáustica e cortarem as barras e colocarem as barras de sabonete no forno em assadeiras rasas, depois embrulhar cada barra em papel de seda e selá-la com a etiqueta da Saboaria da Paper Street. Todo mundo, exceto eu, parece saber o que fazer, e Tyler nunca está em casa.

Eu me esgueiro pelas paredes, um rato preso nesse mecanismo de homens calados com a energia de macacos espaciais treinados, cozinhando e trabalhando e dormindo em levas. Puxe uma alavanca. Aperte o botão. Uma leva de macacos espaciais faz comida o dia inteiro, levas de macacos espaciais estão comendo nas tigelas de plástico que trouxeram.

Uma manhã, estou saindo para o trabalho e Big Bob está no alpendre usando sapatos pretos e uma camisa e calça pretas. Eu pergunto se ele tem visto Tyler. Foi Tyler que o mandou para cá?

"A primeira regra do Projeto Destruição", diz Big Bob com os calcanhares juntos e as costas eretas, "é não fazer perguntas sobre o Projeto Destruição."

Eu pergunto que programinha desmiolado Tyler designou para ele. Tem caras cujo único trabalho é fazer arroz o dia inteiro ou lavar as tigelas ou limpar a privada. O dia inteiro. Tyler prometeu alguma iluminação para Big Bob se ele passar dezesseis horas por dia embrulhando barras de sabonete?

Big Bob não diz nada.

Vou para o trabalho. Volto para casa, e Big Bob ainda está no alpendre. Não durmo a noite inteira e, na manhã seguinte, Big Bob está cuidando do jardim.

Antes de sair para o trabalho, pergunto a Big Bob, quem o deixou entrar? Quem passou aquela tarefa para ele? Ele viu Tyler? Tyler esteve aqui ontem à noite?

Big Bob diz: "A primeira regra do Projeto Destruição é não falar..."

Eu o corto. Tá bom. Tá bom, tá bom, tá bom, tá bom, tá bom.

E, enquanto estou no trabalho, equipes de macacos espaciais cavam o gramado lamacento em torno da casa e misturam sais de Epsom à terra para diminuir a acidez, e colocam pás e pás de esterco de boi de currais e restos de cabelos de barbearias para espantar toupeiras e ratos e aumentar as proteínas no solo.

A qualquer hora da noite, macacos espaciais de algum matadouro chegam em casa carregando sacos de farinha de sangue para aumentar o ferro do solo e de farinha de ossos para aumentar o fósforo.

Levas de macacos espaciais plantam manjericão e tomilho e alface e brotos de hamamélis e eucalipto e falso jasmim e hortelã num padrão caleidoscópico de nó. Uma rosácea em cada tom de verde. E outras levas saem à noite e matam os caracóis e as lesmas à luz de velas. Outra leva colhe folhas e zimbros, somente os mais perfeitos, para ferver como tintura natural. Confrei porque é um desinfetante natural. Folhas de violeta porque curam dores de cabeça e aspérula odorífera porque dá ao sabonete um cheiro de capim.

Na cozinha, há garrafas de vodca de quarenta por cento de teor alcoólico para fazer o sabonete translúcido de gerânio e açúcar mascavo e o sabonete de patchouli, e eu roubo uma dessas garrafas e gasto o dinheiro do meu enterro pessoal com cigarros. Marla aparece. Conversamos sobre as plantas. Marla e eu seguimos por trilhas de cascalho niveladas pelos padrões caleidoscópicos verdes do jardim, bebendo e fumando. Conversamos sobre os peitos dela. Conversamos sobre tudo, exceto Tyler Durden.

E um dia o jornal noticia que uma leva de homens vestidos de preto tinha irrompido num bom bairro e numa concessionária de carros de luxo e quebrado os para-choques dianteiros dos carros com tacos de beisebol para que os *air bags* explodissem em uma bagunça pulverulenta e os alarmes disparassem.

Na Saboaria da Paper Street, outras levas colhem pétalas de rosas ou anêmonas e empacotam as flores em pequenas caixas com sebo puro que vai absorver a fragrância delas para fazer sabonete de aroma floral.

Marla me conta sobre as plantas.

A rosa, diz Marla, é um adstringente natural.

Algumas plantas têm nomes de obituário: Íris, Violeta, Rosa, Margarida e Melissa. Algumas, como rainha do prado e prímula, lírio dos charcos e nardo, são como os nomes das fadas de Shakespeare. Erva da pradaria com seu cheiro doce de baunilha. Hamamélis, outro adstringente natural.

Raiz de íris, a íris bravia espanhola.

Toda noite, Marla e eu andamos pelo jardim até eu ter certeza de que Tyler não vai voltar naquela noite. Bem atrás de nós sempre tem um macaco espacial nos seguindo para pegar o galinho de erva-cidreira ou arruda ou hortelã que Marla esmaga debaixo do meu nariz. Uma bituca de cigarro. O macaco espacial rastela o caminho atrás de si para apagar nossa presença noturna ali.

Então, uma noite num parque da parte rica da cidade, outro grupo de homens despejou gasolina em torno de cada árvore e de árvore em árvore e iniciou um pequeno incêndio florestal perfeito. Saiu no jornal, as janelas de uma mansão do outro lado da rua do incêndio derreteram, e carros estacionados se assentaram em pneus murchos derretidos, que pareciam peidar.

A casa alugada de Tyler na Paper Street é uma coisa viva molhada por dentro de tantas pessoas suando e respirando. Tantas pessoas se movem dentro da casa, que ela se mexe.

Outra noite que Tyler não voltou, e alguém estava furando caixas eletrônicos e telefones públicos e depois rosqueando encaixes de lubrificadores nos buracos feito com furadeira e usando uma pistola injetora de óleo para encher os caixas eletrônicos e os telefones públicos com graxa de eixo ou pudim de baunilha.

E Tyler nunca estava em casa, e depois de um mês alguns macacos espaciais tinham o beijo de Tyler queimado no dorso das mãos. Depois eles também sumiram, e novos apareceram no alpendre para substituí-los.

E todo dia, as levas de homens chegavam e iam em carros diferentes. Você nunca via o mesmo carro duas vezes. Uma noite, ouço Marla no alpendre, dizendo para um macaco espacial: "Estou aqui para ver o Tyler. Tyler Durden. Ele mora aqui. Sou amiga dele."

O macaco espacial diz "Desculpa, mas você é..." e se interrompe. "Você é nova demais para treinar aqui."

Marla responde: “Vai se foder.”

“Além disso”, prossegue o macaco espacial, “você não trouxe os itens exigidos: duas camisas pretas, duas calças pretas...”

Marla grita: “Tyler!”

“Um par de sapatos pretos resistentes.”

“Tyler!”

“Dois pares de meias pretas e duas cuecas lisas.”

“Tyler!”

E ouço a porta da frente bater. Marla não espera os três dias.

Na maior parte dos dias, depois do trabalho, chego em casa e faço um sanduíche de pasta de amendoim.

Quando chego em casa, um macaco espacial está lendo para outros macacos espaciais reunidos que, sentados, cobrem o primeiro andar inteiro. “Você não é um floco de neve lindo e único. Você é a mesma matéria orgânica decadente que todo mundo, e nós todos somos parte do mesmo monte de matéria em decomposição.”

O macaco espacial continua a leitura: “Nossa cultura tornou todos nós iguais. Ninguém é mais branco ou negro ou rico de verdade. Todos nós queremos a mesma coisa. Individualmente, não somos nada.”

O leitor para quando entro para fazer um sanduíche, e todos os outros macacos espaciais ficam sentados quietos como se eu estivesse sozinho. Eu digo: não se incomodem. Eu já li. Fui eu que digitei.

Até meu chefe já deve ter lido.

Somos todos só um grande monte de merda, digo. Podem ir. Joguem o seu joguinho. Não liguem para mim.

Os macacos espaciais esperam calados enquanto faço meu sanduíche e pego mais uma garrafa de vodca e vou para o andar de cima. Atrás de mim escuto “Você não é um floco de neve lindo e único.”

Sou o Coração Partido do Joe porque Tyler me largou. Porque meu pai me largou. Ah, eu podia continuar e continuar.

Algumas noites, depois do trabalho, vou a um clube da luta diferente no porão de um bar ou numa oficina, e pergunto se alguém viu Tyler Durden.

Em cada novo clube da luta, alguém que nunca vi está parado debaixo de uma única luz no meio da escuridão, cercado de homens, lendo as palavras de Tyler.

A primeira regra sobre o clube da luta é não falar sobre o clube da luta.

Quando as lutas começam, chamo o líder do clube em algum canto e pergunto se ele viu Tyler. Eu moro com Tyler, digo, e faz um tempo que ele não aparece em casa.

Os olhos do cara se arregalam e ele pergunta: eu conheço mesmo Tyler Durden?

Isso acontece na maioria dos novos clubes da luta. Sim, eu sei, sou o melhor amigo dele. Então, todo mundo de repente quer me dar um aperto de mão.

Esses caras encaram o buraco na minha bochecha e a pele roxa no meu rosto, amarela e verde nas extremidades, e me chamam de senhor. Não, senhor. Dificilmente, senhor. Ninguém que eles conhecem já viu Tyler Durden. Amigos de amigos conheceram Tyler Durden, e eles fundaram esta filial do clube da luta, senhor.

Então, piscam para mim.

Ninguém que eles conhecem já viu Tyler Durden.

Senhor.

É verdade, todo mundo pergunta. Tyler Durden está construindo um exército? É isso que dizem. Ele só dorme uma hora por noite? O boato é que ele está na estrada fundando clubes da luta no país inteiro. O que vem em seguida, todo mundo quer saber.

As reuniões do Projeto Destruição mudaram para porões maiores porque cada comitê — Incêndio, Agressão, Estragos e Desinformação — fica maior à medida que mais caras se formam no clube da luta. Cada comitê tem um líder, e nem os líderes sabem onde Tyler está. Tyler telefona para eles toda semana.

Todo mundo do Projeto Destruição quer saber o que vem em seguida.

Para onde vamos?

O que vai acontecer?

Na Paper Street, Marla e eu andamos pelo jardim à noite descalços, cada passo fazendo subir o cheiro de sálvia e verbena cítrica e gerânio. Camisas pretas e calças pretas se debruçam em torno de nós com velas, erguendo folhas de plantas para matar um caracol ou uma lesma. Marla pergunta o que está acontecendo aqui.

Tufos de cabelo emergem ao lado de torrões de terra. Cabelo e merda. Farinha de ossos e farinha de sangue. As plantas estão crescendo mais rápido do que os macacos espaciais conseguem podá-las.

Marla pergunta: "O que você vai fazer?"

Qual é o boato?

Na terra há um pontinho dourado brilhante, e eu me agacho para ver. O que vai acontecer em seguida, não sei, digo para Marla.

Parece que nós dois fomos abandonados.

Pelo canto do olho, vejo os macacos espaciais circulando, de preto, cada um debruçado sobre sua vela. O pontinho dourado na terra é um molar com obturação de ouro. Perto da superfície mais dois molares com obturações de amálgama de prata. É uma mandíbula.

Eu digo: não, não posso dizer o que vai acontecer. E empurro os um, dois, três molares para dentro da terra e o cabelo e a merda e os ossos e o sangue para onde Marla não consegue vê-los.

NESTA NOITE DE SEXTA-FEIRA, EU CAIO NO SONO NO TRABALHO.

Quando acordo com a cara e os braços cruzados na mesa, o telefone está tocando, e todas as outras pessoas foram embora. Um telefone está tocando no meu sonho, e não está claro se a realidade se infiltrou no meu sonho ou se o meu sonho está vazando para a realidade.

Atendo o telefone, Compliance e Responsabilidade.

Esse é o meu departamento. Compliance e Responsabilidade.

O sol está se pondo, e montes de nuvens de tempestade do tamanho do Wyoming e do Japão estão vindo na nossa direção. Não é como se eu tivesse uma janela no trabalho. Todas as paredes externas são de vidro do chão ao teto. Tudo no lugar onde trabalho é de vidro do chão ao teto. Tudo são persianas verticais. Tudo é carpete cinza de fibra baixa e densa salpicado de lápides verticais onde os PCs se conectam à rede. Tudo é um labirinto de cubículos encaixotados em cercas de compensado estofado.

Um aspirador de pó zumbe em algum lugar.

Meu chefe saiu de férias. Ele me mandou um e-mail e depois desapareceu. Devo me preparar para uma avaliação formal em duas semanas. Reservar uma sala de conferência. Organizar todas as minhas coisas. Eles estão montando um processo contra mim.

Sou a Completa Falta de Surpresa do Joe.

Meu comportamento tem sido terrível.

Atendo o telefone, e é Tyler, e ele diz: "Vai lá fora, tem uns caras te esperando no estacionamento."

Eu pergunto: quem são eles?

"Estão todos esperando", diz Tyler.

Sinto cheiro de gasolina nas mãos.

Tyler continua: "Dá no pé. Estão com um carro, lá fora. Um Cadillac."

Ainda estou dormindo.

Aqui, não tenho certeza se Tyler é o meu sonho.

Ou se eu sou o sonho do Tyler.

Dou uma fungada na gasolina nas minhas mãos. Não tem mais ninguém por perto, e me levanto e saio para o estacionamento.

Um cara do clube da luta mexe com carros, então ele está estacionado no meio-fio no Corniche preto de alguém, e só consigo olhar para ele, todo preto e dourado, esse maço de cigarro enorme pronto para me levar para algum lugar. O cara que é mecânico sai do carro e diz para eu não me preocupar, ele trocou as placas com as de outro carro no estacionamento de estadia longa do aeroporto.

O mecânico do nosso clube da luta diz que pode ligar qualquer coisa. Dois fios torcidos para fora da coluna de direção. Encoste um fio no outro, você completa o circuito para o solenoide de partida e tem um carro para passear.

Ou isso, ou ele podia hackear o código da chave através de uma concessionária.

Três macacos espaciais estão sentados no banco de trás usando camisas pretas e calças pretas. Não olhe para o mal. Não escute o mal. Não pronuncie o mal.

Eu pergunto: e aí, onde está o Tyler?

O cara que é mecânico do clube da luta está segurando a porta do Cadillac aberta para mim como se fosse um chofer. O mecânico é alto e osso puro, com ombros que lembram a trave de um poste telefônico.

Eu pergunto: a gente vai encontrar o Tyler?

Esperando por mim no meio do banco da frente está um bolo de aniversário com velas prontas para serem acesas. Eu entro. O carro arranca.

Até uma semana depois do clube da luta, você não tem problema nenhum com dirigir dentro do limite de velocidade. Talvez tenha cagado merda muito escura, por causa de ferimentos internos, por dois dias, mas está tranquilo. Outros carros ultrapassam o seu. Carros colam no seu. Outros motoristas te mostram o dedo do meio. Completos estranhos te odeiam. Não é nada pessoal. Depois do clube da luta, você está tão relaxado que nem liga mais. Você nem liga o rádio. Talvez sinta pontadas nas suas costelas por causa de uma fratura por estresse sempre que inspira. Os carros atrás de você piscam os faróis. O sol está se pondo, laranja e dourado.

O mecânico está ali, dirigindo. O bolo de aniversário está no banco entre nós.

É uma porra de uma coisa assustadora ver caras como esse mecânico no clube da luta. Magrelos, nunca ficam moles. Lutam até virar carne moída. Caras brancos como esqueletos mergulhados em cera amarela com tatuagens, homens negros como carne seca, esses caras costumam andar juntos, e você até consegue imaginá-los no Narcóticos Anônimos. Eles nunca dizem "para". É como se fossem energia, tremendo tanto que viram um borrão nos contornos, esses caras em recuperação de alguma coisa. Como se a única escolha que lhes tivesse sobrado é como vão morrer e eles querem morrer numa luta.

Eles precisam lutar uns com os outros, esses caras.

Ninguém mais vai chamá-los para uma luta, e eles não podem chamar ninguém a não ser outro magrelo espasmódico, só osso e adrenalina, já que ninguém mais vai se candidatar a lutar contra eles.

Os caras assistindo nem sequer gritam quando caras como esse mecânico se lançam uns contra os outros.

Tudo que você ouve são os lutadores respirando através dos dentes, as mãos estapeando para agarrar algo, o assobio e o impacto quando punhos martelam e martelam costelas magras e ocas, direto numa agarrada. Você vê os tendões e os músculos e as veias debaixo da pele desses caras saltarem. A pele deles brilha, suando, saliente e molhada sob uma lâmpada.

Dez, quinze minutos desaparecem. O cheiro deles, eles suam e o cheiro desses caras lembra frango frito.

Vinte minutos do clube da luta vão passar. Finalmente, um cara vai cair.

Depois de uma luta, dois caras se recuperando de drogas vão andar juntos pelo resto da noite, chapados e sorrindo de lutar com tanta intensidade.

Desde o clube da luta, esse cara que é mecânico está sempre pela casa da Paper Street. Quer que eu escute a canção que escreveu. Quer que eu veja a casa de passarinhos que construiu. O cara me mostrou a foto de uma garota e me perguntou se ela era bonita o suficiente para casar.

Sentado no banco da frente do Corniche, o cara diz: "Viu esse bolo que fiz pra você? Fui eu que fiz."

Não é meu aniversário.

"Um pouco de óleo estava indo parar nos aros", diz o mecânico, "mas troquei o óleo e o filtro de ar. Conferi a folga da válvula e a sincronização. Deve chover hoje à noite, então troquei os limpadores."

Eu pergunto: o que Tyler tem planejado?

O mecânico abre o cinzeiro e empurra o acendedor de cigarro. Ele diz: "Isso é um teste? Você está testando a gente?"

Cadê o Tyler?

"A primeira regra do clube da luta é não falar sobre o clube da luta", retruca. "E a última regra do Projeto Destruição é não fazer perguntas."

Então o que ele pode me dizer?

Ele diz: "O que você tem que entender é que seu pai foi seu modelo de Deus."

Atrás de nós, meu trabalho e meu escritório ficam menores, menores, menores, sumiram.

Sinto o cheiro de gasolina nas minhas mãos.

O mecânico diz: "Se você é homem e cristão, e mora nos Estados Unidos, seu pai é o seu modelo de Deus. E se você nunca conheceu o seu pai, se o seu pai dá o fora ou morre ou nunca está em casa, no que você acredita sobre Deus?"

Isso é tudo dogma de Tyler Durden. Rabiscado em pedacinhos de papel enquanto eu dormia ou entregues para que eu digitasse ou fizesse cópias no trabalho. Eu li tudo. Até meu chefe deve ter lido tudo.

"O que você acaba fazendo", prossegue o mecânico, "é passar a vida procurando um pai e Deus."

"O que tem que considerar", continua, "é a possibilidade de Deus não gostar de você. Talvez, Deus nos odeie. Essa não é a pior coisa que pode acontecer."

De acordo com Tyler, conseguir a atenção de Deus por ser mau era melhor do que não ter atenção nenhuma. Talvez porque o ódio de Deus seja melhor que Sua indiferença.

Se você pudesse ser o pior inimigo de Deus ou nada, o que você escolheria?

Nós somos os filhos do meio de Deus, de acordo com Tyler Durden, sem lugar especial na história e sem atenção especial.

A não ser que consigamos a atenção de Deus, não temos esperança de perdição ou redenção.

O que é pior, o inferno ou o nada?

Só se formos apanhados e punidos podemos ser salvos.

"Queimar o Louvre", diz o mecânico, "e limpar a bunda com a *Mona Lisa*. Assim pelo menos, Deus saberia nossos nomes."

Quanto mais fundo você cair, mais alto vai voar. Quanto mais longe você correr, mais Deus vai querer você de volta.

"Se o filho pródigo nunca tivesse ido embora de casa", diz o mecânico, "o bezerro gordo ainda estaria vivo."

Não basta ser numerado com os grãos de areia na praia e as estrelas no céu.

O mecânico passa o Corniche preto para o velho anel rodoviário sem faixa de ultrapassagem, e já uma fila de caminhões se estende atrás de nós, indo no limite da velocidade permitida. O Corniche se ilumina inteiro por causa dos faróis acesos atrás de nós, e lá estamos nós, conversando, refletidos na parte de dentro do para-brisas. Dirigindo dentro do limite de velocidade. Tão rápido quanto a lei permite.

Lei é lei, diria Tyler. Dirigir rápido demais era o mesmo que começar um incêndio era o mesmo que plantar uma bomba era o mesmo que atirar num homem.

Um criminoso é um criminoso é um criminoso.

"Semana passada, podíamos ter enchido outros quatro clubes da luta", diz o mecânico. "Talvez Big Bob possa assumir a direção do próximo se encontrarmos um bar."

Então semana que vem, ele vai repassar as regras com Big Bob e lhe dar uma filial do clube da luta.

De agora em diante, quando um líder começa um clube da luta, quando todo mundo está parado em torno da luz no meio do porão, esperando, o líder deve andar pela borda externa da multidão, no escuro.

Eu pergunto: Quem inventou as novas regras? Foi Tyler?

O mecânico sorri e responde: "Você sabe quem inventa as regras."

A nova regra é que ninguém deve estar no centro do clube da luta, conta ele. Ninguém fica no centro do clube da luta, exceto os dois homens lutando. A voz do líder vai ser ouvida aos gritos, caminhando devagar em torno da multidão, no escuro. Os homens na multidão vão encarar outros homens através do centro vazio do cômodo.

É assim que vai ser em todos os clubes da luta.

Encontrar um bar ou uma oficina para sediar um novo clube da luta não é difícil; o primeiro bar, aquele onde o clube da luta original ainda se reúne, ganha o valor do aluguel mensal em apenas uma noite de sábado de clube da luta.

De acordo com o mecânico, outra nova regra do clube da luta é que o clube da luta sempre vai ser gratuito. Nunca vai haver cobrança para entrar. O mecânico grita para o vento do lado de fora da janela do motorista para o tráfego na direção contrária e o vento noturno se derramando na lateral do carro: "Nós queremos você, não o seu dinheiro."

O mecânico grita mais uma vez para fora da janela: "Enquanto você estiver no clube da luta, você não é quanto dinheiro tem no banco. Você não é seu trabalho, não é sua família, e não é quem diz a si mesmo que é."

O mecânico grita no vento: "Você não é o seu nome."

Um macaco espacial no banco de trás berra: "Você não é seus problemas."

O mecânico repete: "Você não é seus problemas!"

Um macaco espacial grita: "Você não é sua idade."

O mecânico repete: "Você não é sua idade!"

Então, o mecânico desvia para a pista no sentido contrário, o para-brisa do carro iluminado pelos faróis na direção contrária, tranquilo como se desviasse de murros. Um carro e depois outro vem na nossa direção disparando a buzina, e o mecânico desvia apenas o suficiente para deixar cada um passar.

Faróis vêm na nossa direção, cada vez maiores, buzinas disparando, e o mecânico se estica para a frente em direção ao brilho e ao barulho e aos gritos. "Você não é suas esperanças."

Ninguém se junta ao grito.

Um dos carros vindo desvia a tempo de nos salvar.

Outro carro vem de frente, faróis piscando alto, baixo, alto, baixo, a buzina berrando, e o mecânico grita: "Você não vai ser salvo."

O mecânico não desvia, mas o outro carro, sim.

Outro carro, e o mecânico grita: "Todos nós vamos morrer um dia."

Dessa vez, o carro na direção oposta desvia, mas o mecânico guina de novo para o seu caminho. O carro desvia, e o mecânico o encontra, de frente, de novo.

Você derrete e incha naquela hora. Por um instante, nada importa. Erga os olhos para as estrelas e você já era. Nem sua bagagem. Nada importa. Nem seu mau hálito. As janelas estão escuras do lado de fora e as buzinas estão disparando ao redor. Os faróis estão piscando alto e baixo e alto na sua cara, e você nunca vai ter que ir ao trabalho de novo.

Você nunca vai cortar o cabelo de novo.

"Rápido", diz o mecânico.

O carro desvia de novo, e o mecânico guia de volta para o seu caminho.

Ele pergunta: "O que você gostaria ter feito antes de morrer?"

Com o carro na direção contrária buzinando com tudo, o mecânico, tão tranquilo que até vira o rosto para olhar para mim ao seu lado no banco da frente, diz: "Dez segundos para o impacto.

"Nove.

"Em oito.

"Sete.

"Em seis."

Meu trabalho, digo. Queria ter pedido demissão do meu trabalho.

O grito passa enquanto o carro desvia e o mecânico não guina para bater nele.

Mais faróis estão vindo na nossa direção logo adiante, e o mecânico se vira para os três macacos espaciais no banco de trás. "Ei, macacos espaciais", diz ele, "vocês viram como funciona. Confessem agora ou vamos todos morrer."

Um carro nos ultrapassa pela direita com um adesivo no para-choque que diz "Eu dirijo melhor quando estou bêbado". O jornal diz que, um dia, milhares desses adesivos apareceram nos para-choques dos carros. Outros adesivos dizem coisas como "O meu eu quero com vitela".

"Motoristas bêbados contra mães."

"Recicle todos os animais."

Quando li isso no jornal, soube que era coisa do Comitê de Desinformação. Ou do Comitê de Estragos.

Sentado do meu lado, o mecânico sóbrio e limpo do clube da luta me diz: é, os adesivos de para-choque de bêbado fazem parte do Projeto Destruição.

Os três macacos espaciais estão calados no banco de trás.

O Comitê de Estragos está imprimindo cartões de bolsos de assentos de empresas aéreas que mostram os passageiros brigando uns com os outros por máscaras de oxigênio enquanto os aviões comerciais caem em chamas em direção a rochas a mil e seiscentos quilômetros por hora.

Os Comitês de Estragos e Desinformação estão apostando corrida para desenvolver um vírus de computador que vai deixar os caixas automáticos quebrados o bastante para cuspir enxurradas de notas de dez e vinte dólares.

O acendedor de cigarro no painel pula para fora, quente, e o mecânico me diz para acender as velas do bolo de aniversário.

Eu acendo as velas, e o bolo bruxuleia sob o pequeno halo de fogo.

"O que vocês gostariam de ter feito antes de morrer?", diz o mecânico e entra na frente de um caminhão que vem no sentido contrário. O caminhão buzina a corneta, soltando um longo estampido depois do outro enquanto seus faróis, como dois sóis nascentes, ficam cada vez maiores para cintilar o sorriso do mecânico.

"Façam seus pedidos, rápido", diz olhando os três macacos espaciais sentados no banco de trás pelo espelho retrovisor. "Temos cinco segundos para o esquecimento.

"Um", diz ele.

"Dois."

O caminhão é tudo diante de nós, com uma luz cegante e rugindo.

"Três."

"Andar a cavalo", vem do banco de trás.

"Construir uma casa", diz outra voz.

"Fazer uma tatuagem."

O mecânico diz: "Acreditem em mim e vocês já eram, para sempre."

O caminhão desvia e o mecânico também, mas a traseira do Corniche derrapa contra uma extremidade do para-choque dianteiro do caminhão.

Não que eu saiba disso na hora, o que sei são os faróis dianteiros do caminhão piscando na escuridão, e sou jogado primeiro contra a porta do passageiro e depois contra o bolo de aniversário e o mecânico atrás do volante.

O mecânico está agarrado no volante para mantê-lo reto e as velas de aniversário se apagam. Num perfeito segundo não há luz dentro do carro de couro preto aconchegante e todos os nossos gritos atingem a mesma nota grave, o mesmo gemido profundo da buzina de corneta do caminhão, e estamos sem controle, sem escolha, sem direção e sem saída e vamos morrer.

Meu desejo nesse momento é que eu morra. Sou um nada no mundo comparado a Tyler.

Sou impotente.

Sou estúpido, e tudo que faço é querer e precisar de coisas.

Minha vidinha minúscula. Meu trabalhinho de merda. Minha mobília sueca. Eu nunca, não, nunca disse isso a ninguém, mas, antes de conhecer Tyler, eu estava planejando comprar um cachorro e colocar nele o nome de "Entourage".

É ruim assim que a sua vida pode ficar.

Me mate.

Eu agarro o volante e nos guino de volta para o tráfego.

Agora.

Preparar para evacuar a alma.

Agora.

O mecânico luta com o volante em direção à vala, e eu luto para morrer de uma vez, porra.

Agora. O maravilhoso milagre da morte, quando num segundo você está andando e falando e no segundo seguinte, você é um objeto.

Eu sou um nada, e nem mesmo isso.

Frio.

Invisível.

Sinto cheiro de couro. Meu cinto de segurança parece enrolado como uma camisa de força em torno de mim e, quando tento me erguer, bato a cabeça no volante. Isso dói mais do que deveria. Minha cabeça está pousada no colo do mecânico. Olho para cima, meus olhos se ajustam para ver o rosto do mecânico no alto sobre mim, sorrindo, dirigindo, e consigo ver estrelas do lado de fora da janela do motorista.

Minhas mãos e meu rosto estão grudentos com alguma coisa.

Sangue?

Cobertura de creme de manteiga.

O mecânico olha para baixo. "Feliz aniversário."

Sinto cheiro de fumaça e me lembro do bolo de aniversário.

"Quase quebrei o volante com a sua cabeça", diz ele.

E mais nada, só o ar da noite e o cheiro de fumaça, e as estrelas e o mecânico sorrindo e dirigindo, minha cabeça no seu colo, de repente sinto que não preciso me sentar.

Cadê o bolo?

O mecânico responde: "No chão."

Só o ar da noite e o cheiro de fumaça está mais encorpado.

Fiz meu pedido?

No alto, sobre mim, delineado contra as estrelas na janela, o rosto ri. "Aquelas velas de aniversário", diz ele, "elas meio que nunca apagam."

Na luz das estrelas, meus olhos se ajustam o suficiente para ver fumaça saindo como tranças de pequenas partes do carpete pegando fogo.

19

O MECÂNICO DO CLUBE DA LUTA ESTÁ PISANDO FUNDO, virulento atrás do volante do jeito tranquilo dele, e nós ainda temos uma coisa importante a fazer esta noite.

Uma coisa que vou ter que aprender antes do fim da civilização é como olhar as estrelas e dizer para onde estou indo. As coisas estão tão tranquilas quanto dirigir um Cadillac pelo espaço sideral. Devemos estar fora da autoestrada. Os três caras no banco de trás estão desmaiados ou dormindo.

"Você teve uma experiência de quase morte", diz o mecânico.

Ele tira uma mão do volante e a encosta no inchaço que surge na minha testa, onde o volante bateu. Minha testa está inchando o bastante para fechar meus dois olhos, e ele corre a ponta dos dedos frios pelo machucado. O Corniche passa por um buraco e a dor parece pular para cima dos meus olhos como a sombra da aba de um boné. As molas traseiras torcidas e o para-choque ladram e rangem no silêncio em torno da nossa investida pela estrada noturna.

O mecânico diz que o para-choque traseiro do Corniche está pendurado pelos ligamentos, que foi quase arrancado quando bateu numa das extremidades do para-choque dianteiro do caminhão.

Eu pergunto: esta noite é parte da lição de casa dele do Projeto Destruição?

"Parte dela", responde o mecânico. "Eu tinha que fazer quatro sacrifícios humanos, e tenho que buscar um carregamento de gordura."

Gordura?

"Para o sabonete."

O que Tyler está planejando?

O mecânico volta a falar, e é puro Tyler Durden.

"Vejo os homens mais fortes e mais inteligentes que já viveram", diz ele, seu rosto delineado contra as estrelas na janela do motorista, "e esses homens estão colocando gasolina em carros e servindo mesas."

A descida da sua testa, sua sobrancelha, o declive do nariz, seus cílios e a curva de seus olhos, o perfil plástico da sua boca falando, tudo isso está delineado em preto contra as estrelas.

"Se pudéssemos colocar esses homens em campos de treinamento e terminar de criá-los.

"Tudo que uma arma faz é concentrar uma explosão numa única direção.

"Existe uma classe de homens e mulheres jovens e fortes, que querem dar suas vidas por alguma coisa. Propagandas colocam essas pessoas atrás de carros e usando roupas de que elas não precisam. Gerações têm trabalhado em empregos que odeiam, só para comprar coisas de que não precisam.

"Não temos uma grande guerra na nossa geração, ou uma grande depressão, mas temos, isso sim, uma grande guerra do espírito. Temos uma grande revolução contra a cultura. A grande depressão que é nossa vida. Temos uma depressão espiritual.

"Temos que mostrar a esses homens e essas mulheres a liberdade ao escravizá-los, e mostrar a eles coragem ao apavorá-los.

"Napoleão se gabou de que podia treinar homens que se sacrificavam por um pedaço de fita.

"Imagine, quando convocarmos uma greve e todo mundo se recusar a trabalhar até que redistribuam a riqueza do mundo.

"Imagine caçar alces pelas florestas de cânion úmidas em torno das ruínas do Rockefeller Center."

O mecânico pergunta: "O que você falou sobre o seu trabalho... realmente quis dizer aquilo?"

Sim, eu quis.

"É por isso que estamos na estrada, esta noite", diz ele.

Somos um grupo de caça, e estamos caçando gordura.

Estamos indo para o depósito de lixo hospitalar.

Estamos indo para o incinerador de lixo hospitalar e lá, entre fraldas cirúrgicas descartáveis e curativos absorventes e tumores de dez anos e tubos intravenosos e agulhas descartadas, coisas assustadoras, coisas realmente assustadoras, entre as amostras de sangue e pedacinhos amputados, vamos encontrar mais dinheiro do que podemos transportar numa noite, mesmo se estivéssemos dirigindo um caminhão basculante.

Vamos encontrar dinheiro o bastante que vai até travar esse Corniche.

"Gordura", diz o mecânico, "gordura lipoaspirada tirada das coxas mais ricas dos Estados Unidos. As coxas mais ricas e mais gordas do mundo."

Nosso objetivo são os grandes sacos de gordura lipoaspirada que vamos levar para a Paper Street e processar e misturar com soda cáustica e alecrim e vender de volta para as mesmas pessoas que pagaram para aspirá-la. A vinte pratas a barra, eles são os únicos que podem arcar.

"A gordura mais rica e cremosa do mundo, a gordura da terra", diz ele. "Isso faz dessa noite uma coisa meio Robin Hood."

Os foguinhos de cera das velas estalam no tapete.

"Enquanto estivermos lá", continua ele, "também devemos procurar um daqueles micróbios de hepatite."

AS LÁGRIMAS COMEÇARAM A ROLAR DE VEZ, e um fluxo espesso rolou pelo cano da arma e desceu pela curva em torno do gatilho para estourar plana no meu indicador. Raymond Hessel fechou os dois olhos, então forcei mais a arma contra a sua têmpora para que ele sempre a sentisse pressionando bem ali e eu estava do lado dele e essa era a vida dele e ele podia estar morto a qualquer momento.

Essa não era uma arma barata, e eu me perguntava se o sal podia foder com ela.

Tudo correu com tanta facilidade, me maravilhei. Eu tinha feito tudo que o mecânico disse para fazer. Era por isso que a gente precisava comprar uma arma. Isso era fazer a minha lição de casa.

Cada um de nós tinha que levar doze carteiras de motorista para Tyler. Isso provaria que cada um de nós fez doze sacrifícios humanos.

Estacionei e esperei Raymond Hessel terminar o turno dele no Korner Mart vinte e quatro horas, e, por volta de meia-noite, ele estava esperando um ônibus noturno quando por fim fui até lá e disse: olá.

Raymond Hessel, Raymond não falou nada. Provavelmente imaginou que eu estava atrás do dinheiro dele, seu salário mínimo, os catorze dólares na sua carteira. Ah, Raymond Hessel e seus vinte e três anos, quando você começou a chorar, suas lágrimas escorrendo pelo cano da minha arma pressionada na sua têmpora, não, isso não tinha a ver com dinheiro. Nem tudo tinha a ver com dinheiro.

Você nem disse olá.

Você não é sua carteirazinha triste.

Eu disse: noite gostosa, fria, mas limpa.

Você não disse nem olá.

Eu disse: não corre, ou vou ter que atirar nas suas costas. Eu estava com a arma para fora, usando uma luva de borracha de modo que, se a arma viesse a se tornar a prova de um crime, não haveria nada nela exceto as lágrimas secas de Raymond Hessel, caucasiano, vinte e três anos e sem marcas que o identificariam.

Então, ganhei a sua atenção. Seus olhos estavam tão arregalados que mesmo à luz do poste pude ver que eram verde líquido de arrefecimento.

Você recuava e recuava um pouco mais a cada vez que a arma encostava no seu rosto, como se o cano estivesse quente demais ou frio demais. Até que eu disse: não chegue para trás. Então a arma encostou em você, mas mesmo assim você girou a cabeça para cima e para longe do cano.

Você me deu sua carteira, como eu pedi.

Seu nome era Raymond K. Hessel na sua carteira de motorista. Você mora na 1320 SE Benning, apartamento A. Parecia ser um apartamento no subsolo. Costumam dar letras a apartamentos de subsolo em vez de números.

Raymond K. K. K. K. K. K. Hessel, estou falando com você.

Sua cabeça girou para cima e para longe da arma, e você disse, sim, você morava num subsolo.

Você tinha algumas fotos na carteira, também. Lá estava a sua mãe.

Isso era difícil para você, teria que abrir os olhos e ver a foto da Mamãe e do Papai sorrindo e ver a arma ao mesmo tempo, mas conseguiu fazer isso e depois seus olhos fecharam e você começou a chorar.

Você ia esfriar, o maravilhoso milagre da morte. Num minuto, você é uma pessoa; no minuto seguinte, você é um objeto, e a Mamãe e o Papai teriam que ligar para um antigo médico para conseguir seu prontuário odontológico para te identificar porque não ia ter sobrado muito da sua cara. Mamãe e Papai, eles sempre tinham esperado tanto mais de você e, não, a vida não era justa, e foi nisso que deu.

Catorze dólares.

Essa, perguntei, é a sua mãe?

É. Você estava chorando, fungando, chorando. Você engoliu. É.

Você tinha um cartão de biblioteca e um cartão de locadora de vídeo e um cartão de segurança social. Catorze dólares em dinheiro. Eu queria pegar o passe de ônibus, mas o mecânico disse para pegar só a carteira de motorista. Uma carteirinha de estudante de uma faculdade comunitária vencida.

Você tinha estudado alguma coisa.

Seu choro tinha ficado bem intenso, então pressionei a arma com um pouco mais de força na sua bochecha, e você começou a dar passos para trás até que eu disse: não se mexe ou você morre bem aqui. Agora, o que você estudou?

Onde?

Na faculdade, eu disse. Você tem uma carteirinha de estudante.

Ah, você não sabia, soluçada, engolida, fungada, coisas, biologia.

Escuta, agora, você vai morrer, Ray-mond K. K. K. Hessel. Esta noite. Você pode morrer em um segundo ou em uma hora, você decide. Então minta para mim. Diga a primeira coisa que der na cabeça. Invente alguma coisa. Não estou nem aí. Eu estou com a arma.

Finalmente, você estava escutando e saindo da pequena tragédia na sua cabeça.

Preencha a lacuna. O que Raymond Hessel quer ser quando crescer?

Ir para casa, você disse que só queria ir para casa, por favor.

Tá brincando, respondi. Mas depois disso, como você queria passar a vida? Se pudesse fazer qualquer coisa no mundo.

Inventa alguma coisa.

Você não sabia.

Então você morre aqui agora, falei. Ordenei: agora vira a cabeça.

Morte a começar em dez, em nove, em oito.

Veterinário, você disse. Você queria ser veterinário, médico veterinário.

Isso significa animais. Você tem que estudar para isso.

Isso significa escola demais, você disse.

Você poderia estar na faculdade dando muito duro, Raymond Hessel, ou poderia estar morto. Você escolhe. Enfiei a carteira no bolso de trás da calça jeans dele. Então você queria ser médico de animais. Tirei a boca salgada da arma de uma bochecha e encostei na outra. É isso que você sempre quis ser, dr. Raymond K. K. K. K. Hessel? Um veterinário?

É.

Sem brincadeira?

Não. Não, você quis dizer é, sem brincadeira. É.

Tá bom, respondi e encostei a boca molhada da arma na ponta do seu queixo, e depois na ponta do nariz e, em toda parte onde eu pressionava a boca da arma, ela deixava um círculo molhado brilhante das suas lágrimas.

Então, volta para a faculdade. Se você acordar amanhã cedo, dê um jeito de voltar a estudar.

Encostei a ponta molhada da arma em cada bochecha, e depois no seu queixo, e depois na sua testa e deixei a boca da arma pressionada ali. Você pode muito bem morrer agora mesmo, repeti.

Estou com a sua carteira de motorista.

Sei quem você é. Sei onde você mora. Vou ficar com a sua carteira de motorista, e vou ver como você está, sr. Raymond K. Hessel. Em três meses, e depois em seis meses, e depois em um ano. Se não tiver voltado a estudar para ser veterinário, você vai morrer.

Você não falou nada.

Sai daqui e vai viver a sua vidinha, mas se lembre de que estou te vigiando, Raymond Hessel, e preferiria te matar a te ver numa merda de um trabalhinho só pra ter dinheiro suficiente para comprar queijo e assistir à televisão.

Agora, vou sair andando, então não se vire.

Isso é o que Tyler quer que eu faça.

Essas são palavras de Tyler saindo da minha boca.

Sou a boca de Tyler.

Sou as mãos de Tyler.

Todo mundo no Projeto Destruição é parte de Tyler Durden, e vice-versa.

Raymond K. K. Hessel, seu jantar vai ter um gosto melhor do que qualquer refeição que você já fez, e amanhã vai ser o dia mais bonito da sua vida inteira.

21

VOCÊ ACORDA NO SKY HARBOR INTERNATIONAL.

Atrasa o seu relógio duas horas.

O traslado me leva para o centro de Phoenix e em todos os bares que entro há caras com pontos pela borda orbital, onde uma bela pancada comprimiu a carne na cara deles contra a borda afiada. Há caras com as ventas do nariz abertas, e esses caras no bar me veem com o buraco franzido na bochecha e imediatamente somos família.

Tyler não vai para casa faz um tempo. Faço meu trabalhinho. Vou de aeroporto em aeroporto para ver os carros nos quais pessoas morreram. A magia da viagem. Vida em miniatura. Sabonete em miniatura. Os assentos em miniatura das companhias aéreas.

A todos os lugares para que viajo, pergunto sobre Tyler.

Para o caso de eu encontrá-lo, as carteiras de motorista dos meus doze sacrifícios humanos estão no meu bolso.

Em cada bar que entro, em cada porra de bar, vejo caras arrebentados. Em cada bar, lançam um braço em torno de mim e querem me pagar uma cerveja. É como se eu já soubesse quais bares são os bares do clube da luta.

Eles viram um cara chamado Tyler Durden, eu pergunto.

É burrice perguntar se eles sabem sobre o clube da luta.

A primeira regra do clube da luta é não falar sobre o clube da luta.

Mas viram Tyler Durden?

Nunca ouvimos nada sobre ele, senhor, eles dizem.

Mas pode ser que você o encontre em Chicago, senhor.

Deve ser o buraco na minha bochecha, todo mundo me chama de senhor.

E então piscam.

Você acorda no O'Hare e pega o traslado para Chicago.

Adianta o relógio uma hora.

Se você pode acordar em um lugar diferente.

Se você pode acordar em um horário diferente.

Por que não pode acordar como uma pessoa diferente?

Em cada bar que você entra, caras arrebentados querem te pagar uma cerveja.

E não, senhor, eles nunca conheceram o tal Tyler Durden.

E piscam.

Nunca ouviram o nome antes. Senhor.

Pergunto sobre o clube da luta. Tem um clube da luta por aqui, hoje à noite?

Não, senhor.

A segunda regra do clube da luta é não falar sobre o clube da luta.

Os caras socados nos bares balançam a cabeça.

Nunca ouviram falar disso. Senhor. Mas pode ser que encontre esse clube em Seattle, senhor.

Você acorda no Meigs Field e liga para Marla para saber o que está acontecendo na Paper Street. Ela diz que todos os macacos espaciais estão raspando a cabeça. O barbeador elétrico deles chega a ficar quente e a casa inteira cheira a cabelo chamuscado. Os macacos espaciais estão usando soda cáustica para queimar as próprias impressões digitais.

Você acorda no SeaTac.

Você atrasa o relógio duas horas.

O traslado te leva para o centro de Seattle e, no primeiro bar em que você entra, o bartender está usando um colar cervical que tomba tanto sua cabeça para trás que ele precisa forçar olhar para baixo do nariz roxo como uma berinjela para abrir um sorrisinho para você.

O bar está vazio, e o bartender diz: "Bem-vindo de volta, senhor."

Eu nunca, nunca estive nesse bar antes.

Pergunto se ele já ouviu o nome Tyler Durden.

O bartender dá um sorrisinho com o queixo projetado para fora sobre o colar cervical branco e pergunta: "Isso é um teste?"

É, eu digo, é um teste. Ele já conheceu Tyler Durden?

"O senhor deu uma passada aqui semana passada, sr. Durden", diz ele. "Não lembra?"

Tyler esteve aqui.

"Você esteve aqui, senhor."

Eu nunca estive aqui antes desta noite.

"Se está dizendo, senhor", retruca o bartender, "mas quinta à noite o senhor veio para perguntar quando a polícia estava planejando fechar o bar."

Na última noite de quinta, fiquei acordado a noite toda com insônia, me perguntando se estava acordado, se estava dormindo. Acordei tarde na manhã de sexta-feira, exausto e sentindo que nunca tinha fechado os olhos na vida.

"Sim, senhor", diz o bartender. "Quinta-feira à noite o senhor estava parado bem onde está agora, me perguntando sobre o cerco da polícia, me perguntando quantos caras a gente tinha para recusar no clube da luta de quarta-feira à noite."

O bartender gira o tronco inteiro junto com a cabeça para olhar o bar vazio e diz: "Não tem ninguém que vai ouvir, sr. Durden. Tivemos uma contagem de vinte e sete mandados embora, ontem à noite, senhor. O lugar está sempre vazio na noite seguinte ao clube da luta."

Todo bar em que entrei essa semana, todo mundo me chamou de senhor.

Todo bar em que entro, todos os caras arrebentados do clube da luta começam a ficar parecidos. Como um estranho pode saber quem eu sou?

"Você tem uma marca de nascença, sr. Durden", diz o bartender. "No seu pé. Tem o formato de uma Austrália vermelho-escura com uma Nova Zelândia do lado."

Só Marla sabe disso. Marla e o meu pai. Nem Tyler sabe disso. Quando vou para a praia, sento com o pé enfiado debaixo de mim.

O câncer que eu não tenho agora está por toda parte.

"Todo mundo no Projeto Destruição sabe, sr. Durden." O bartender ergue a mão, o dorso da sua mão em direção a mim, um beijo queimado nele.

Meu beijo?

O beijo de Tyler.

"Todo mundo sabe sobre a marca de nascença", diz o bartender. "É parte da lenda. Você está virando uma porra de uma lenda, cara."

Telefono para Marla do meu quarto de motel em Seattle para perguntar se já fizemos aquilo.

Sabe.

Interurbano, Marla diz, "O quê?"

Dormimos juntos.

"O quê?!"

Eu já, sabe, transei com ela?

"Nossa!"

E aí?

"E aí?", diz ela.

A gente já transou?

"Você é um grande de um merda."

A gente transou?

"Eu podia te matar!"

Isso é um sim ou um não?

"Eu sabia que isso ia acontecer", diz Marla. "Você é tão duas caras. Você me ama. Você me ignora. Você salva a minha vida, depois você cozinha a minha mãe até virar sabão."

Eu me belisco.

Pergunto a Marla como nos conhecemos.

"Naquela coisa de câncer de testículo", diz Marla. "Depois você salvou a minha vida."

Eu salvei a vida dela?

"Você salvou a minha vida."

Tyler salvou a vida dela.

"Você salvou a minha vida."

Enfio um dedo no buraco da minha bochecha e o mexo. Isso deveria bastar para me acordar.

Marla diz: "Você salvou a minha vida. No Regent Hotel. Eu tinha tentado suicídio sem querer. Lembra?"

Ah.

"Naquela noite", diz Marla, "eu disse que queria fazer um aborto seu."

A cabine acabou de despressurizar.

Pergunto a Marla qual é o meu nome.

Todos nós vamos morrer.

Marla diz: "Tyler Durden. Seu nome é Tyler Paninho-De-Bunda--Para-o-Cérebro Durden. Você mora na 5123 NE Paper Street, que está fervilhando com seus discipulozinhos raspando a cabeça e queimando a pele com soda cáustica."

Preciso dormir um pouco.

"Você tem que voltar pra cá", grita Marla no telefone, "antes que aqueles merdas daqueles trollzinhos me usem para fazer sabonete."

Preciso encontra o Tyler.

A cicatriz na mão dela, pergunto a Marla, como aconteceu?

"Você", diz Marla. "Você beijou a minha mão."

Preciso encontrar o Tyler.

Preciso dormir um pouco.

Preciso dormir.

Preciso conseguir dormir.

Digo boa noite para Marla, e o grito de Marla está mais baixo, mais baixo, mais baixo, e deixa de existir enquanto estico a mão para colocar o telefone no gancho.

A NOITE TODA, SEUS PENSAMENTOS estão suspensos.

Estou dormindo? Eu sequer dormi? Isso é a insônia.

Você tenta relaxar um pouco mais a cada expiração, mas sua cabeça ainda está acelerada e seus pensamentos giram como um tornado na sua mente.

Nada funciona. Nenhuma meditação guiada.

Você está na Irlanda.

Nenhuma contagem de carneirinhos.

Você conta os dias, as horas, os minutos desde que consegue se lembrar de cair no sono. Seu médico riu. Ninguém nunca morreu de falta de sono. Pelo jeito de fruta velha e machucada que seu rosto está, você acharia que está morto.

Depois de três da manhã em uma cama de motel em Seattle, é tarde para encontrar um grupo de apoio de câncer. Tarde demais para encontrar algumas cápsulas azuis de amobarbital ou secobarbitais vermelhos, todo o playset de *O vale das bonecas*. Depois de três da manhã, você não consegue entrar em um clube da luta.

Você precisa encontrar o Tyler.

Você precisa dormir um pouco.

Então você está acordado, e Tyler está parado no escuro ao lado da sua cama.

Você acorda.

Na hora em que você estava caindo no sono, Tyler estava parado lá dizendo: "Acorda. Acorda, a gente resolveu o problema com a polícia aqui em Seattle. Acorda."

O comissário de polícia queria fechar o cerco no que ele chamava de atividade no estilo de gangue e clubes de boxe da madrugada.

"Mas não há nada com que se preocupar", garante Tyler. "O senhor comissário de polícia não deveria ser um problema. A gente tá com as bolas dele na mão agora."

Pergunto se Tyler tem me seguido.

"Engraçado", diz Tyler, "eu queria te perguntar a mesma coisa. Você falou sobre mim com outras pessoas, seu merdinha. Você quebrou sua promessa."

Tyler estava se perguntando quando eu o tinha descoberto.

"Sempre que você cai no sono", diz Tyler, "eu fujo e faço alguma coisa desenfreada, maluca, completamente louca."

Tyler ajoelha do lado da cama e sussurra: "Na última quinta-feira, você caiu no sono, e peguei um avião para Seattle para uma inspeçãozinha rápida num clube da luta. Para verificar quantos mandamos embora, esse tipo de coisa. Procurar novos talentos. Também temos o Projeto Destruição em Seattle."

A ponta do dedo de Tyler traça as minhas sobrancelhas inchadas. "Temos o Projeto Destruição em Los Angeles e em Detroit, um grande Projeto Destruição acontecendo na capital, Washington, e em Nova York. Temos um em Chicago que você nem acreditaria."

Tyler diz: "Não acredito que você quebrou sua promessa. A primeira regra é não falar sobre o clube da luta."

Ele estava em Seattle semana passada quando um bartender usando um colar cervical contou que a polícia ia fechar o cerco nos clubes da luta. O próprio comissário de polícia queria que fosse especial.

"O que acontece", diz Tyler, "é que temos policiais que vêm lutar no clube da luta e realmente gostam dele. Temos repórteres e funcionários da justiça, e sabemos tudo antes de acontecer."

Nós vamos ser fechados.

"Pelo menos em Seattle", diz Tyler.

Pergunto o que Tyler fez a respeito.

"O que *a gente* fez a respeito", responde Tyler.

A gente convocou uma reunião do Comitê de Agressão.

"Não existe mais um eu e um você", explica Tyler, e ele belisca a ponta do meu nariz. "Acho que você entendeu isso."

Nós dois usamos o mesmo corpo, mas em momentos diferentes.

"Chamamos de lição de casa especial", diz Tyler. "Dissemos: 'Me traga os testículos fumegantes de vossa estimada excelência, o comissário de polícia de Seattle Seja Lá Quem For.'"

Eu não estou sonhando.

"Sim", diz Tyler, "você está."

Reunimos uma leva de catorze paus-mandados, e cinco deles eram policiais, e éramos os únicos no parque em que vossa excelência passeia com o cachorro, naquela noite.

"Não se preocupa", diz Tyler, "o cachorro está bem."

O ataque todo levou três minutos a menos do que nosso melhor ensaio. Tínhamos planejado doze minutos. Nosso melhor ensaio foi de nove minutos.

Fizemos cinco macacos espaciais segurarem ele no chão.

Tyler está me contando isso, mas, de alguma forma, eu já sei o que aconteceu.

Três macacos espaciais ficaram de vigia.

Um macaco espacial cuidou do éter.

Outro macaco espacial baixou a estimada calça de moletom do comissário.

O cachorro é um spaniel, que apenas late e late.

Late e late.

Late e late.

Um macaco espacial deu três voltas no elástico de plástico até que estivesse bem apertado em torno do alto do estimado saco do comissário.

"Um macaco espacial está entre as pernas dele segurando uma faca", sussurra Tyler com a cara socada perto do meu ouvido. "E eu estou sussurrando no ouvido do grande estimado comissário de polícia que é melhor ele parar com o cerco ao clube da luta, ou vamos contar para o mundo inteiro que vossa senhoria não tem bolas."

Tyler sussurra: "Até onde você acha que vai chegar, vossa excelência?"

O elástico de plástico deixa tudo lá embaixo dormente.

"Até onde acha que vai chegar na política se os eleitores souberem que você não tem colhões?"

A essa altura, vossa excelência perdeu toda a sensibilidade.

Cara, as bolas dele estão geladas.

Se um único clube da luta fechar, a gente vai mandar as bolas dele para o leste e para o oeste. Uma vai para o *New York Times* e a outra vai para o *Los Angeles Times*. Uma para cada. Meio que estilo de comunicado à imprensa.

O macaco espacial tirou o trapo de éter da boca dele, e o comissário disse: não faça isso.

E Tyler retrucou: "A gente não tem nada a perder a não ser o clube da luta."

O comissário, ele tinha tudo.

Tudo que nos deixaram foi a merda e o lixo do mundo.

Tyler assentiu para o macaco espacial com a faca entre as pernas do comissário.

Tyler pediu: "Imagine o resto da sua vida com o seu saco balançando vazio."

O comissário disse: não faz isso.

E não faz isso.

Para.

Por favor.

Ah.

Deus.

Me.

Socorro.

Socorro.

Não.

Eu.

Deus.

Eu.

Para.

Eles.

E o macaco espacial passa a faca e só corta o elástico.

Seis minutos, no total, e terminamos.

"Lembre-se disso", diz Tyler. "As pessoas em que você está tentando pisar, nós somos as pessoas de quem você depende. Nós somos as pessoas que lavam a sua roupa e cozinham a sua comida e servem o seu jantar. Nós arrumamos a sua cama. Nós o protegemos enquanto você dorme. Dirigimos ambulâncias. Encaminhamos suas chamadas. Somos cozinheiros e motoristas de táxi e sabemos tudo sobre você. Processamos seus pedidos de seguro e cobranças de cartão de crédito. Nós controlamos cada parte da sua vida.

"Nós somos os filhos do meio da história, criados pela televisão para acreditar que um dia vamos ser milionários e estrelas de cinema e astros do rock, mas não vamos. E apenas estamos assimilando esse fato", disse Tyler. "Então não foda com a gente."

O macaco espacial teve que pressionar forte o éter no comissário soluçando para fazê-lo desmaiar.

Outra equipe o vestiu e levou ele e o cachorro para casa. Depois disso, cabia a ele guardar segredo. E, não, nós não esperávamos mais nenhum cerco ao clube da luta.

Vossa senhoria foi para casa, assustada, mas intacta.

"Sempre que fazemos essas liçõezinhas de casa", diz Tyler, "esses homens do clube da luta com nada a perder ficam um pouco mais comprometidos com o Projeto Destruição."

Tyler ajoelha ao lado da minha cama e diz: "Feche os olhos e me dê a sua mão."

Fecho os olhos, e Tyler segura a minha mão. Sinto os lábios de Tyler na cicatriz do beijo dele.

"Eu disse que, se falasse de mim pelas costas, nunca me veria de novo", diz Tyler. "Nós não somos dois homens separados. Para resumir a história, quando você está acordado, tem o controle, e pode chamar a si mesmo do que quiser, mas, no segundo que cai no sono, eu assumo, e você vira Tyler Durden."

Mas a gente lutou, digo. Na noite em que inventamos o clube da luta.

"Você não estava realmente lutando contra mim", retruca Tyler. "Você mesmo disse. Você estava lutando contra tudo que você odiava na sua vida."

Mas eu consigo te enxergar.

"Você está dormindo."

Mas você alugou uma casa. Teve um emprego. Dois empregos.

Tyler diz: "Peça seus cheques cancelados do banco. Aluguei a casa no seu nome. Acho que você vai ver que a letra nos cheques de aluguel bate com as anotações que você tem digitado para mim."

Tyler tem gastado o meu dinheiro. Não é de admirar que estou sempre no vermelho.

"E os trabalhos, bem, por que você acha que está tão cansado? Nossa, não é insônia. Assim que você cai no sono, eu assumo e vou para o trabalho ou para o clube da luta ou sei lá. Você tem sorte de eu não ter arranjado um emprego trabalhando com cobras."

Mas e a Marla?, eu disse.

"A Marla ama você."

A Marla ama você.

"A Marla não sabe a diferença entre você e eu. Você disse um nome falso para ela na noite em que se conheceram. Você nunca diz o seu nome de verdade num grupo de apoio. Marla acha que o seu nome é Tyler Durden."

Então, agora que sei sobre Tyler, ele vai simplesmente desaparecer?

"Não", diz Tyler, ainda segurando a minha mão, "para começo de conversa, eu não estaria aqui se você não me quisesse. Ainda vou viver a minha vida enquanto você dorme, mas, se foder comigo, se você se acorrentar à cama à noite ou tomar grandes doses de remédios para dormir, vamos ser inimigos. E eu vou te arruinar."

Ah, isso é bobagem. Isso é um sonho. Tyler é uma projeção. Ele é meu transtorno dissociativo de personalidade. Um estado de fuga psicogênica. Tyler Durden é minha alucinação.

"Que se foda essa merda", diz Tyler. "Talvez você seja a *minha* alucinação esquizofrênica."

Eu estava aqui primeiro.

Tyler diz: "Tá bom, tá bom, tá bom, vamos só ver quem vai estar aqui por último."

Isso não é de verdade. Isso é um sonho, e eu vou acordar.

"Então acorda."

E então o telefone está tocando, e Tyler se foi.

O sol está entrando pelas cortinas.

É minha chamada de despertador das sete da manhã e, quando tiro o fone do gancho, a linha está sem sinal.

23

CORTA PARA QUANDO TOMO O AVIÃO DE VOLTA PARA CASA, para Marla e a Saboaria da Paper Street.

Tudo ainda está desmoronando.

Em casa, estou com medo demais de olhar na geladeira. Imagine dezenas de pequenos saquinhos de sanduíche rotulados com cidades como Las Vegas e Chicago e Milwaukee, onde Tyler tinha que honrar suas ameaças de proteger células do clube da luta. Dentro de cada saquinho, estaria um par de petisquinhos bagunçados, completamente congelados.

Num canto da cozinha, um dos macacos espaciais está agachado no linóleo rachado, estudando a si mesmo num espelho de mão. "Sou toda a merda cantante e dançante desse mundo", diz o macaco espacial para o próprio reflexo. "Sou o subproduto tóxico da criação de Deus."

Outros macacos espaciais se deslocam pelo jardim, colhendo coisas, matando coisas.

Com uma mão na porta do congelador, respiro fundo e tento centrar minha entidade espiritual iluminada.

Chuva em rosas
Bichos-Disney felizes
Dói minhas partes

O congelador está aberto um centímetro quando Marla espia por sobre o meu ombro e pergunta: "O que tem para o jantar?"

O macaco espacial agachado olha para si mesmo no espelho de mão. "Sou a merda do refugo humano infeccioso da criação."

Círculo completo.

Há mais ou menos um ano, eu tinha medo de deixar Marla olhar dentro da geladeira. Agora eu mesmo tenho medo de olhar na geladeira.

Ah, Deus. Tyler.

Marla me ama. Marla não sabe a diferença.

"Estou feliz que você voltou", diz ela. "A gente tem que conversar."

Ah, sim, eu digo. A gente tem que conversar.

Não consigo abrir o congelador.

Sou a Virilha Encolhendo do Joe.

Não toque em nada nesse congelador, eu digo a Marla. Nem mesmo o abra. Se você encontrar alguma coisa dentro dele, não coma ou dê para um gato comer nem nada. O macaco espacial com o espelho de mão está de olho em nós, então digo para Marla que temos que ir embora. Precisamos estar em outro lugar para ter essa conversa.

Descendo a escada do porão, um macaco espacial está lendo para outros macacos espaciais. "Os três jeitos de fazer napalm:

"Um, você pode misturar partes iguais de gasolina e concentrado de suco de laranja congelado", lê o macaco espacial no porão. "Dois, você pode misturar partes iguais de gasolina e coca diet. Três, você pode dissolver granulado sanitário de gato em gasolina até que a mistura fique espessa."

Marla e eu vamos de transporte público da Saboaria da Paper Street para um reservado junto da janela do planeta Denny's, o planeta laranja.

Isso foi algo sobre o que Tyler falou, como a maior parte dos lugares na geografia têm aqueles tipos de nomes ingleses de segunda mão, porque foi a Inglaterra que fez toda a exploração e construiu colônias e fez mapas. São os ingleses que dão o nome a tudo. Ou quase tudo.

Como, Irlanda.

Nova Londres, Austrália.

Nova Londres, Índia.

Nova Londres, Idaho.

Nova York, Nova York.

Corta para o futuro.

Assim, quando a exploração do espaço profundo se intensificar, provavelmente vão ser todas as corporações megatônicas a descobrir todos os novos planetas e mapeá-los.

A esfera estelar IBM.

A galáxia Philip Morris.

Planeta Denny's.

Cada planeta vai assumir a identidade corporativa de quem quer que o viole primeiro.

Mundo Budweiser.

Nosso garçom tem um grande ovo de ganso na testa e fica parado reto como uma vara, com os calcanhares juntos. "Senhor!", diz nosso garçom. "Gostaria de pedir agora? Senhor! Qualquer coisa que pedir não vai ter cobrança. Senhor!"

Dá até para se imaginar sentindo o cheiro de urina na sopa de todo mundo.

Dois cafés, por favor.

Marla pergunta: "Por que ele está nos dando comida de graça?"

O garçom acha que eu sou Tyler Durden, digo.

Nesse caso, Marla pede mariscos fritos e sopa de mariscos e uma cesta de peixes e frango frito e uma batata assada com tudo e uma torta chiffon de chocolate.

Pela janela de passar os pratos da cozinha, três cozinheiros, um com pontos no lábio superior, estão nos observando e cochichando com suas cabeças contundidas juntas. Digo ao garçom: nos traga comida limpa, por favor. Por favor, não vá fazer qualquer vandalização com as coisas que a gente pedir.

"Nesse caso, senhor", retruca o garçom, "acho melhor não pedir a sopa de mariscos."

Obrigado. Nada de sopa de mariscos. Marla olha para mim, e digo para ela: confie em mim.

O garçom dá meia-volta e passa o pedido para a cozinha.

Pela janela de passar pratos da cozinha, os três cozinheiros fazem um joinha para mim.

Marla diz: "Você tem umas boas regalias sendo Tyler Durden." De agora em diante, digo a Marla, ela tem que me seguir para todos os lugares à noite, e anotar todos os lugares aonde eu for. Quem eu vir. Se vou castrar alguém importante. Esse tipo de detalhe.

Tiro minha carteira e mostro para Marla minha carteira de motorista com meu nome verdadeiro.

Não Tyler Durden.

"Mas todo mundo sabe que você é Tyler Durden", diz Marla.

Todo mundo exceto eu.

Ninguém no trabalho me chama de Tyler Durden. Meu chefe me chama pelo meu nome verdadeiro.

Meus pais sabem quem eu realmente sou.

"Então por quê", pergunta Marla, "você é Tyler Durden para algumas pessoas mas não para todo mundo?"

A primeira vez que encontrei Tyler, eu estava dormindo.

Eu estava cansado e louco e apressado, e sempre que embarcava num avião, queria que o avião caísse. Tinha inveja de pessoas que estavam morrendo de câncer. Eu odiava a minha vida. Estava cansado e entediado com o meu trabalho e a mobília da minha casa, e não conseguia enxergar como mudar as coisas.

Só como pôr um fim nelas.

Eu me sentia preso.

Eu era completo demais.

Eu era perfeito demais.

Eu queria uma saída da minha vida em miniatura. Papel da manteiga em porção individual e uma poltrona apertada de avião no mundo.

Mobília sueca.

Arte descolada.

Tirei férias. Caí no sono na praia e, quando acordei, lá estava Tyler Durden, pelado e suando, cheio de areia, o cabelo molhado e oleoso, caindo no rosto.

Tyler estava tirando toras de madeira flutuante da arrebentação e as arrastando para a praia.

O que Tyler tinha criado era a sombra de uma mão gigante, e estava sentado na palma daquela mão perfeita que ele mesmo havia criado.

E um instante era o máximo que você podia esperar da perfeição.

Talvez eu nunca tenha acordado de verdade na praia.

Talvez tudo isso tenha começado quando mijei na pedra da eloquência.

Quando caí no sono, eu não dormi de verdade.

Em outras mesas no planeta Denny's, eu conto um, dois, três, quatro, cinco caras com maçãs do rosto roxas ou o nariz amassado sorrindo para mim.

"Não", diz Marla, "você não dorme."

Tyler Durden é uma personalidade separada que criei, e agora ele está ameaçando dominar a minha vida real.

"Assim como a mãe de Tony Perkins em *Psicose*", diz Marla. "Isso é tão legal. Todo mundo tem suas esquisiticezinhas. Uma vez, saí com um cara que não cansava de colocar piercings no corpo."

Meu ponto, digo, é que caio no sono e Tyler está fugindo com o meu corpo e a minha cara arrebentada para cometer algum crime. Na manhã seguinte, acordo exausto e surrado, e tenho certeza de que não dormi nada.

Na noite seguinte, eu ia para a cama mais cedo.

Naquela mesma noite, Tyler estaria no comando por um pouco mais de tempo.

A cada noite que vou para a cama mais e mais cedo, Tyler vai estar mais e mais no controle.

"Mas você é o Tyler", diz Marla.

Não.

Não, não sou.

Eu amo tudo em relação a Tyler Durden, sua coragem e sua inteligência. Sua audácia. Tyler é engraçado e charmoso e enérgico e independente, e os homens o admiram e esperam que ele mude o mundo deles. Tyler é capaz e livre, e eu não sou.

Eu não sou Tyler Durden.

"Mas você é", diz Marla.

Tyler e eu compartilhamos o mesmo corpo e, até agora, eu não sabia disso. Sempre que Tyler estava transando com Marla, eu estava dormindo. Tyler estava andando e falando enquanto eu achava que estava dormindo.

Todo mundo no clube da luta e no Projeto Destruição me conheciam como Tyler Durden.

E se eu fosse para a cama mais cedo toda noite e dormisse até mais tarde toda manhã, eu iria sumir por inteiro.

Simplesmente dormiria e nunca mais acordaria.

Marla diz: "Como os bichos daquele lugar de Controle de Animais."

Vale dos cachorros. Onde mesmo que não te matem, se alguém te ama o bastante para te levar para casa, eles ainda podem te castrar.

Eu nunca acordaria, e Tyler assumiria.

O garçom traz o café e bate os calcanhares e vai embora.

Cheiro meu café. Tem cheiro de café.

"Então", diz Marla, "mesmo que eu acreditasse em tudo isso, o que você quer de mim?"

Então, Tyler não pode tomar o controle completo, preciso que Marla me mantenha acordado. O tempo todo.

Círculo completo.

Na noite em que Tyler salvou a vida dela, Marla pediu para ele a manter acordada a noite toda.

Assim que eu cair no sono, Tyler vai assumir e alguma coisa terrível vai acontecer.

E, se eu cair no sono, Marla tem que ficar no rastro de Tyler. Onde ele vai. O que ele faz. Então, talvez durante o dia, eu possa correr por aí e desfazer o dano.

O NOME DELE É ROBERT PAULSON

e ele tem quarenta e oito anos. O nome dele é Robert Paulson, e Robert Paulson vai ter quarenta e oito anos para sempre.

Numa linha de tempo longa o bastante, a taxa de sobrevivência de todo mundo cai para zero.

Big Bob.

O grande molenga. O grande ursão estava numa lição de casa envolvendo a diretriz gela-e-fura. Foi assim que Tyler entrou no meu apartamento para explodi-lo com dinamite caseira. Você pega uma lata de spray congelante, R-12 se ainda conseguir encontrá-la, e dane-se o buraco da camada de ozônio etc., ou R-134a, e a borrifa no cilindro da tranca até o mecanismo ficar congelado.

Numa tarefa gela-e-fura, você borrifa a tranca de um telefone público ou um parquímetro ou uma caixa de jornais. Então, você usa um martelo e um cinzel frio para estraçalhar o cilindro congelado dessa tranca.

Numa lição de casa de regulação gela-e-fura, você fura o telefone ou o caixa eletrônico do banco, depois rosqueia um encaixe de lubrificadores no buraco e usa uma pistola injetora para enchê-lo de graxa de eixo ou pudim de baunilha ou de cimento plástico.

Não é como se o Projeto Destruição precisasse roubar dinheiro. A Saboaria da Paper Street estava lotada de pedidos. Deus nos ajudasse quando os feriados chegassem. A lição de casa é desenvolver coragem. Você precisa de alguma coisa astuta. Desenvolver o seu investimento no Projeto Destruição.

Em vez de um cinzel frio, pode usar uma furadeira elétrica no cilindro congelado da tranca. Isso funciona tão bem quanto e faz menos barulho.

Uma furadeira elétrica sem fio foi confundida com uma arma pela polícia, que apagou o Big Bob.

Não havia nada que ligasse Big Bob ao Projeto Destruição ou ao clube da luta ou ao sabonete.

No seu bolso, havia uma foto de si mesmo enorme em que parecia nu à primeira vista, mas na verdade usava uma tanga de posar em algum concurso. É um jeito estúpido de viver, disse Bob. Você fica cego por causa das luzes do palco, e surdo por causa do barulho do retorno do sistema de som até que o juiz ordena: "Estenda o quadríceps direito, flexione e segure."

Coloque suas mãos onde possamos vê-las.

Estenda o braço esquerdo, flexione o bíceps e fique parado.

Parado.

Solte a arma.

Isso era melhor do que a vida real.

Na mão dele, havia uma cicatriz do meu beijo. Do beijo de Tyler. O cabelo modelado de Big Bob tinha sido raspado e suas digitais, apagadas com soda cáustica. E era melhor ser ferido do que ser preso, porque, se fosse preso, estava fora do Projeto Destruição, nada mais de lições de casa.

Em um minuto, Robert Paulson era o centro cálido em torno do qual a vida do mundo se amontoava e, no instante seguinte, Robert Paulson era um objeto. Depois do tiro da polícia, o milagre impressionante da morte.

Essa noite, o líder de cada filial do clube da luta circula na escuridão por entre a multidão de homens que encaram uns aos outros através do centro vazio do porão de cada clube da luta, e grita:

"O nome dele é Robert Paulson."

E a multidão repete aos gritos: "O nome dele é Robert Paulson."

E os líderes gritam: "Ele tem quarenta e oito anos."

E a multidão grita: "Ele tem quarenta e oito anos."

Ele tem quarenta e oito anos e era parte do clube da luta.

Ele tem quarenta e oito anos e era parte do Projeto Destruição.

Só na morte vamos ter nossos próprios nomes já que só na morte não somos mais parte do esforço. Na morte nos tornamos heróis.

E a multidão grita: "Robert Paulson."

E a multidão grita: "Robert Paulson."

E a multidão grita: "Robert Paulson."

Vou para o clube da luta essa noite para fechá-lo. Fico na única luz no meio da sala, e o clube se anima. Para todo mundo aqui, sou Tyler Durden. Esperto. Vigoroso. Corajoso. Ergo as mãos para ter silêncio e sugiro: por que todos nós não encerramos a noite? Vão para casa, hoje à noite, e esqueçam o clube da luta.

Acho que o clube da luta serviu seu propósito, vocês não?

O Projeto Destruição está cancelado.

Fiquei sabendo que tem um bom jogo de futebol na televisão...

Cem homens só me encaram.

Digo: um homem está morto. Esse jogo acabou. Não é mais por diversão.

Então, da escuridão do lado de fora da multidão vem a voz anônima do líder da filial: "A primeira regra do clube da luta é não falar sobre o clube da luta."

Eu grito: vão para casa!

"A segunda regra do clube da luta é não falar sobre o clube da luta."

O clube da luta está cancelado! O Projeto Destruição está cancelado.

"A terceira regra é só dois caras por luta."

Eu berro: Sou Tyler Durden. E estou mandando vocês saírem!

E ninguém está olhando para mim. Os homens só encaram uns aos outros através do centro da sala.

A voz do líder da filial segue lenta pela sala. Dois homens por luta. Nada de camisas. Nada de sapatos.

A luta segue e segue e segue o quanto precisar.

Imagine isso acontecendo em cem cidades, em meia dúzia de línguas.

A listagem de regras termina, e ainda estou parado no centro da luz.

"Luta inscrita número um, a postos no centro", grita a voz vinda da escuridão. "Desobstrua o centro do clube."

Eu não me mexo.

"Desobstrua o centro do clube!"

Eu não me mexo.

A única luz reflete da escuridão cem pares de olhos, todos focados em mim, esperando. Tento ver cada homem do jeito que Tyler faria. Escolher os melhores lutadores para treinar no Projeto Destruição. Quais Tyler convidaria para trabalhar na Saboaria da Paper Street?

"Desobstrua o centro do clube!" Esse é procedimento consagrado do clube da luta. Depois de três pedidos do líder da filial, vou ser ejetado do clube.

Mas eu sou Tyler Durden. Eu inventei o clube da luta. O clube da luta é meu. Eu escrevi essas regras. Nenhum de vocês estaria aqui se não fosse por mim. E digo que isso termina agora!

"Preparar para expulsar membro em três, dois, um."

A roda de homens desaba em cima de mim, e duzentas mãos pinçam em torno de cada centímetro dos meus braços e das minhas pernas e sou levantado em direção à luz.

Preparar para evacuar alma em cinco, quatro, três, dois, um.

Sou passado por cima das cabeças, de mão em mão, surfando pela multidão rumo à porta. Estou flutuando. Estou voando.

Estou gritando. O clube da luta é meu. O Projeto Destruição foi minha ideia. Vocês não podem me colocar para fora. Estou no controle aqui. Vão para casa.

A voz do líder da filial grita em resposta: "Luta inscrita número um, por favor, a postos no centro. Agora!"

Não vou embora. Não vou desistir. Posso vencer isso. Estou no controle aqui.

"Expulsar membro do clube da luta, agora!"

Evacuar alma, agora.

E eu voo devagar porta afora e para dentro da noite com as estrelas no céu e o ar frio, e vou parar no concreto do estacionamento. Todas as mãos recuam, e a porta se fecha atrás de mim, e uma tranca estala, fechando-a. Em cem cidades, o clube da luta segue sem mim.

25

AGORA FAZ ANOS QUE EU QUERIA DORMIR. O tipo de sono do deslize, do abandono, do desmoronamento. Agora dormir é a última coisa que quero fazer. Estou com Marla no quarto 8G do Regent Hotel. Com todos os velhos e adictos calados em seus quartinhos, aqui, de alguma forma, meu desespero ganhando ritmo parece meio normal e esperado.

"Aqui", diz Marla, sentada de perna cruzada em sua cama, tirando meia dúzia de remédios para acordar da cartela de plástico. "Eu saía com um cara que tinha pesadelos terríveis. Ele odiava dormir também."

O que aconteceu com o cara com quem ela saía?

"Ah, ele morreu. Ataque do coração. Overdose. Anfetaminas demais", diz Marla. "Ele só tinha dezenove anos."

Obrigado por compartilhar.

Quando entramos no hotel, o cara na recepção do hall tinha metade dos cabelos arrancados na raiz. Com o escalpo em carne viva e com cascas, ele me cumprimentou. Todos os idosos assistindo à televisão no hall se viraram para ver quem eu era quando o cara na recepção me chamou de senhor.

"Boa noite, senhor."

Consigo imaginá-lo ligando para algum quartel-general do Projeto Destruição e reportando meu paradeiro. Eles vão traçar meus movimentos num mapa da cidade pregado na parede e marcá-los com alfinetezinhos. Sinto-me marcado como um ganso selvagem em *Wild Kingdom*.

Todos eles estão me espiando, mantendo tabelas.

"Esses seis não vão te deixar enjoado", diz Marla, "mas tem que tomá-los tipo supositório."

Ah, que agradável.

Marla diz: "Não estou inventando. A gente pode tomar alguma coisa mais forte, mais tarde. Umas drogas de verdade tipo anfetamina ou bifetamina ou metanfetamina."

Não vou enfiar esses remédios na minha bunda.

"Então toma só dois."

Aonde a gente vai?

"Pro boliche. Fica aberto a noite inteira, e não deixam ninguém dormir lá."

Em todos os lugares a que vamos, digo, os caras acham que sou Tyler Durden.

"É por isso que o motorista do ônibus deixou a gente andar de graça?"

É. E é por isso que os dois caras no ônibus nos deram os lugares.

"Então qual é o seu ponto?"

Não acho que basta só nos esconder. A gente tem que fazer alguma coisa para se livrar do Tyler.

"Saí com um cara uma vez que gostava de usar minhas roupas", diz Marla. "Sabe, vestidos. Chapéus com véus. A gente podia te montar e te dissimular por aí."

Não vou fazer cross-dressing nem enfiar remédios na minha bunda.

"Fica pior", diz Marla. "Saí com um cara, uma vez, que queria que eu fingisse uma cena lésbica com a boneca inflável dele."

Eu podia me imaginar virando uma das histórias de Marla.

Saí com um cara uma vez que tinha dupla personalidade.

"Saí com outro cara que costumava usar um daqueles troços para aumentar o pênis."

Pergunto que horas são?

"Quatro horas da manhã."

Daqui a três horas, tenho que estar no trabalho.

“Tome os remédios”, diz Marla. “Você sendo Tyler Durden e tudo, vão deixar a gente jogar boliche de graça. Ei, antes de a gente se livrar do Tyler, podíamos fazer compras? A gente podia comprar um carrão. Umas roupas. Uns CDs. Tem uma vantagem nessa coisa toda de graça.”

Marla.

“Tá bom, esquece.”

AQUELE ANTIGO DITADO, SOBRE COMO VOCÊ SEMPRE ACABA MATANDO as coisas que ama, ele funciona nos dois sentidos.

Funciona mesmo nos dois sentidos.

Essa manhã, fui trabalhar e havia barricadas da polícia entre o prédio e o estacionamento, policiais nas portas de entrada, tomando depoimento das pessoas com quem trabalho. Todo mundo num vai e vem.

Eu nem sequer saí do ônibus.

Sou o Suor Frio do Joe.

Do ônibus, consigo ver que as janelas do piso ao teto do terceiro andar do prédio do meu escritório estão estouradas, que um bombeiro lá dentro com uma capa de chuva amarela e suja golpeia um painel queimado no teto rebaixado de gesso. Uma mesa abrasada aponta na janela quebrada, empurrada por outros dois bombeiros, depois a mesa tomba e desliza e cai os rápidos três andares e pousa com mais uma sensação do que um som.

Ela se rompe e ainda está fumegando.

Sou a Boca do Estômago do Joe.

É a minha mesa.

Sei que meu chefe está morto.

Os três jeitos de fazer napalm. Eu sabia que Tyler ia matar o meu chefe. Assim que senti o cheiro de gasolina nas minhas mãos, quando eu disse que queria sair do meu trabalho, estava lhe dando permissão. Fique à vontade.

Mate meu chefe.

Ah, Tyler.

Sei que um computador explodiu.

Sei disso porque Tyler sabe disso.

Não quero saber isso, mas você usa uma minifuradeira de joalheiro para fazer um buraco no alto do monitor de um computador. Todos os macacos espaciais sabem disso. Digitei as anotações de Tyler. Essa é uma versão da bomba de lâmpada, na qual você faz um furo numa lâmpada e a enche de gasolina. Tampe o buraco com cera ou silicone, rosqueie a lâmpada em um soquete e deixe alguém entrar no cômodo e acender o interruptor.

Dá para encher um computador de tubo com muito mais gasolina do que uma lâmpada.

Um tubo de raios catódicos, CRT. Você ou remove o invólucro de plástico em torno do tubo, o que é bastante fácil, ou trabalha pelos painéis de ventilação no alto da carcaça.

Primeiro, desliga o monitor da tomada e do computador.

Isso também funcionaria com uma televisão.

Entenda: se houver uma faísca, até eletricidade estática do carpete, você está morto. Gritando, morto queimado vivo.

Um tubo de raios catódicos pode conter trezentos volts de armazenamento elétrico passivo, então comece usando uma chave de fenda robusta através do principal capacitador de fornecimento de energia. Se você estiver morto a essa altura, é porque não usou uma chave de fenda isolada.

Há um vácuo dentro do tubo de raios catódicos, então no instante em que você o perfura, o tubo vai sugar o ar, meio que soltando um assobiozinho.

Alargue o buraquinho com uma ponta maior, até que você consiga colocar a ponta de um funil no buraco. Então, encha o tubo com o explosivo de sua escolha. Napalm caseiro é bom. Gasolina ou gasolina misturada com concentrado de suco de laranja congelado ou granulado sanitário de gato.

Um explosivo divertido é o permanganato de potássio misturado com açúcar de confeiteiro. A ideia é misturar um ingrediente que vai queimar muito rápido com um segundo ingrediente que vai fornecer oxigênio suficiente para a queima. Isso queima tão rápido, é uma explosão.

Peróxido de bário e zinco em pó.

Nitrato de amônio e alumínio em pó.

A *nouvelle cuisine* da anarquia.

Nitrato de amônio em um molho de enxofre e decorado com carvão. Essa é sua pólvora básica.

Bon appétit.

Encha o monitor com isso e, quando alguém ligá-lo depois de ligá-lo à luz elétrica, serão uns dois quilos e meio de pólvora estourando bem na cara da pessoa.

O problema é: eu meio que gostava do meu chefe.

Se você é homem, cristão e vive nos Estados Unidos, seu pai é seu modelo de Deus. E às vezes você encontra seu pai na sua carreira.

Só que Tyler não gostava do meu chefe.

A polícia estaria procurando por mim. Eu tinha sido a última pessoa a sair do prédio na última sexta à noite. Acordei na minha mesa com o hálito condensando no tampo da mesa e com Tyler no telefone, me dizendo: "Dá no pé. Estão com um carro, lá fora."

A gente tem um Cadillac.

A gasolina ainda estava nas minhas mãos.

O mecânico do clube da luta perguntou: "O que você gostaria de ter feito antes de morrer?"

Eu queria sair do meu trabalho. Eu estava dando permissão a Tyler. Fique à vontade. Mate meu chefe.

Do meu escritório explodido, vou de ônibus para o ponto de manobra de cascalho no fim da linha. É aqui que as subdivisões se esvaem para lotes vazios ou campos arados. O motorista pega um saquinho com o almoço e uma garrafa térmica e me observa no espelho retrovisor interno.

Estou tentando pensar em um lugar em que os policiais não vão estar procurando por mim. Do fundo do ônibus, consigo ver talvez umas vinte pessoas sentadas entre mim e o motorista. Conto a parte de trás de vinte cabeças.

Vinte cabeças raspadas.

O motorista se vira no banco e me chama no banco do fundo: "Sr. Durden, realmente admiro o que o senhor está fazendo."

Eu nunca o vi antes.

"O senhor tem que me perdoar por isso", diz o motorista. "O comitê diz que essa ideia é sua, senhor."

As cabeças raspadas se viram uma atrás da outra. Então um depois do outro eles se levantam. Um deles está segurando um trapo, e dá para sentir o cheiro de éter. O que está mais perto tem uma faca de caça. O que está com a faca é o mecânico do clube da luta.

"O senhor é um homem corajoso", diz o motorista do ônibus, "de fazer o senhor mesmo uma lição de casa."

O mecânico diz para o motorista do ônibus: "Cala a boca" e "O vigia não diz merda nenhuma".

Você sabe que um dos macacos espaciais está com um elástico para prender as suas bolas. Eles tomam a frente do ônibus.

O mecânico diz: "O senhor sabe o esquema, sr. Durden. O senhor mesmo disse. O senhor disse: se alguém alguma vez tentar fechar o clube, mesmo que fosse o senhor, então temos que pegá-los pelas bolas."

Colhões.

Saco.

Bolas.

Huevos.

Imagine a melhor parte de si congelada num saquinho na Saboaria da Paper Street.

"O senhor sabe que é inútil lutar contra nós", diz o mecânico.

O motorista do ônibus mastiga seu sanduíche e me vigia pelo espelho retrovisor.

Uma sirene de polícia toca, se aproximando. Um trator faz barulho num campo ao longe. Pássaros. Uma janela no fundo do ônibus está meio aberta. Nuvens. Capim cresce na beira do retorno de cascalho. Abelhas ou moscas zumbem pelo capim.

"Só estamos atrás de um pouco de garantia", diz o mecânico do clube da luta. "Dessa vez não é só uma ameaça, sr. Durden. Dessa vez, a gente tem que cortá-las."

O motorista do ônibus diz: "É a polícia."

Dá para ouvir a sirene se aproximando da frente do ônibus.

Então o que tenho para lutar de volta?

Um carro de polícia para junto do ônibus, luzes piscando azuis e vermelhas pelo para-brisas do ônibus, e alguém do lado de fora do ônibus está gritando: "Parados aí dentro."

E estou salvo.

Mais ou menos.

Posso contar aos policiais sobre Tyler. Vou contar tudo sobre o clube da luta, e talvez eu vá para a prisão, e então o Projeto Destruição vai ser um problema para eles resolverem, e não vou estar encarando uma faca.

Os policiais sobem os degraus do ônibus, o primeiro policial perguntando: "Já cortaram?"

O segundo policial diz: "Andem logo, soltaram um mandado de prisão para ele."

Esse policial tira o chapéu e me diz: "Nada pessoal, sr. Durden. É um prazer finalmente conhecer o senhor."

Eu digo: vocês todos estão cometendo um grande erro.

O mecânico diz: "Você nos avisou que diria isso."

Eu não sou Tyler Durden.

"Você disse pra gente que falaria isso também."

Estou mudando as regras. Vocês ainda podem ter o clube da luta, mas não vamos mais castrar ninguém, nunca mais.

"Tá bom, tá bom, tá bom", diz o mecânico. Ele está na metade do corredor segurando a faca diante de si. "Você disse que *sem dúvida* falaria isso."

Tá bom, então sou Tyler Durden. Eu sou. Eu sou Tyler Durden, e eu dito as regras, e estou dizendo para abaixar a faca.

O mecânico chama por trás do ombro: "Qual é o nosso melhor tempo de um corta-e-foge até agora?"

Alguém grita: "Quatro minutos."

O mecânico grita: "Alguém está cronometrando?"

Os dois policiais estão na parte da frente do ônibus. Um olha para o relógio e diz: "Só um segundo. Espera o ponteiro maior chegar ao doze."

O policial grita: "Nove."

"Oito."

"Sete."

Eu me lanço para a janela aberta.

Minha barriga bate no parapeito fino de metal e, atrás de mim, o mecânico do clube da luta grita: "Sr. Durden! O senhor vai foder com a cronometragem."

Pendurado com metade do corpo para fora da janela, eu me agarro na lateral de borracha do pneu traseiro. Agarro o acabamento da caixa da roda e me puxo. Alguém agarra meu pé e puxa. Estou gritando para o trator ao longe: "Ei." E "Ei". Minha cara está inchando, quente e cheia de sangue, estou pendurado de cabeça para baixo. Me iço para fora um pouco. Mãos em volta dos meus tornozelos me puxam de volta para dentro. A gravata bate na minha cara. A fivela do meu cinto enrosca no parapeito da janela. As abelhas e as moscas e o capim estão a centímetros do meu rosto, e estou gritando: "Ei!"

Mãos estão enganchadas na parte de trás da minha calça, me puxando, agarrando minha calça e meu cinto em cima da minha bunda.

Alguém dentro do ônibus grita: "Um minuto!"

Meu sapato sai do meu pé.

A fivela do meu cinto escorrega dentro do parapeito da janela.

As mãos fecham as minhas pernas. O parapeito da janela quente do sol corta minha barriga. Minha camisa branca enfuna e cai em torno da minha cabeça e ombros, minhas mãos ainda agarrando o acabamento da caixa da roda, ainda estou gritando: "Ei!"

Minhas pernas estão esticadas e fechadas atrás de mim. Minha calça escorrega pelas pernas e sai. O sol brilha quente na minha bunda.

Sangue latejando na minha cabeça, meus olhos saltando com a pressão, e tudo o que consigo ver é a camisa branca pendurada em volta da minha cara. O trator faz barulho em algum lugar. As abelhas zumbem. Em algum lugar. Tudo está a um milhão de quilômetros de distância. Em algum lugar, a um milhão de quilômetros de distância atrás de mim, alguém grita: "Dois minutos!"

E uma mão corre entre as minhas pernas e me procura.

“Não machuca ele”, alguém diz.

As mãos em volta dos meus tornozelos estão a um milhão de quilômetros de distância. Imagine-as no fim de uma estrada muito, muito comprida. Meditação guiada.

Não imagine o parapeito da janela como uma faca quente e cega abrindo a sua barriga.

Não imagine um bando de homens brincando de cabo de guerra com cada uma de suas pernas.

A um milhão de quilômetros de distância, a uma porrada de zilhão de quilômetros de distância, uma mão áspera envolve a sua base e o puxa para trás, e alguma coisa está segurando você mais apertado, mais apertado, mais apertado.

Um elástico.

Você está na Irlanda.

Você está no clube da luta.

Você está no trabalho.

Você está em qualquer lugar que não aqui.

“Três minutos!”

Alguém muito, muito longe grita: “O senhor sabe o discurso, sr. Durden. Não foda com o clube da luta.”

A mão quente está em concha debaixo de você. A ponta fria da faca.

Um braço se enrosca no seu peito.

Contato físico terapêutico.

Hora do abraço.

E o éter é pressionado no seu nariz e na sua boca, com força.

Depois nada, menos que nada. Esquecimento.

27

A CARCAÇA EXPLODIDA DO MEU APARTAMENTO QUEIMADO está preta como o espaço sideral e devastada na noite acima das luzinhas da cidade. Sem a janela, uma faixa amarela de cena de crime da polícia se enrola e balança no alto da queda de quinze andares.

Acordo no contrapiso de concreto. Havia pisos de bordo. Havia arte nas paredes antes da explosão. Havia mobília sueca. Antes de Tyler.

Estou vestido. Coloco a mão no bolso e sinto.

Estou inteiro.

Assustado, mas intacto.

Vá para a beirada do andar, quinze andares acima do estacionamento, e olhe as luzes da cidade e as estrelas, e você já era.

Está tudo tão para trás de nós.

Aqui em cima, nos quilômetros de noite entre as estrelas e a Terra, me sinto exatamente como um daqueles animais mandados para o espaço.

Cachorros.

Macacos.

Homens.

Você só faz o seu trabalhinho. Puxe uma alavanca. Aperte um botão. Não entende de verdade nada disso.

O mundo está enlouquecendo. Meu chefe está morto. Minha casa já era. Meu emprego já era. E sou responsável por tudo isso.

Não sobrou nada.

Minha conta está no vermelho.

Dê um passo na direção da beirada.

A faixa da polícia flutua entre mim e o esquecimento.

Dê um passo na direção da beirada.

O que mais há?

Dê um passo na direção da beirada.

Tem a Marla.

Pule da beirada.

Tem a Marla, e ela está no meio de tudo e não sabe.

E ela ama você.

Ela ama o Tyler.

Ela não sabe a diferença.

Alguém tem que dizer para ela. Dê o fora. Dê o fora. Dê o fora.

Se salve.

Você pega o elevador até o saguão e o porteiro, que nunca gostou de você, lhe dá um sorriso sem três dentes e diz: "Boa noite, sr. Durden. Quer um táxi? O senhor está se sentindo bem? Quer usar o telefone?"

Você liga para Marla no Regent Hotel.

O funcionário do Regent diz: "Agora mesmo, sr. Durden."

Então, Marla está na linha.

O porteiro está por perto, ouvindo você. O funcionário do Regent deve estar fazendo o mesmo. Você diz: Marla, a gente tem que conversar.

Marla responde: "Você pode ir se foder."

Ela pode estar em perigo, você diz. E merece saber o que está acontecendo. Ela precisa te encontrar. Vocês precisam conversar.

"Onde?"

Ela deve ir para o lugar onde eles se conheceram. Lembre-se. Pense lá atrás.

A bola de luz branca de cura. O palácio das sete portas.

"Entendi", fala. "Consigo chegar em vinte minutos."

Esteja lá.

Você desliga, e o porteiro diz: "Posso conseguir um táxi para o senhor, sr. Durden. Sem cobrança para onde quiser."

Os garotos do clube da luta estão te monitorando. Não, você diz, a noite está tão gostosa, acho que vou andando.

É sábado à noite, noite de câncer no intestino no subsolo da Primeira Metodista, e Marla está lá quando você chega.

Marla Singer fumando seu cigarro. Marla Singer revirando os olhos. Marla Singer com um olho roxo.

Vocês se sentam no tapete felpudo de lados opostos da roda de meditação e você tenta convocar seu animal interior enquanto Marla te encara furiosa com o olho roxo. Você fecha os olhos e medita até o palácio de sete portas e ainda consegue sentir a encarada furiosa de Marla. Você embala sua criança interior.

Marla encara furiosa.

Então é hora do abraço.

Abra os olhos.

Todos devemos escolher um parceiro.

Marla atravessa a sala em três passos rápidos e me dá um tapa forte na cara.

Exponha-se por completo.

"Seu merda desgraçado", diz.

Em torno de nós, todo mundo fica encarando.

Os dois punhos de Marla me batem de todos os lados. "Você matou alguém", grita ela. "Eu chamei a polícia e eles devem chegar aqui a qualquer momento."

Agarro os pulsos dela e digo: talvez a polícia venha, mas talvez não.

Marla se contorce e diz que a polícia está correndo para cá para me prender na cadeira elétrica e fritar meus olhos ou pelo menos me dar uma injeção letal.

Vai ser igual a uma picada de abelha.

Uma injeção com uma overdose de fenobarbital de sódio, e depois o grande sono. Estilo Vale dos Cachorros.

Marla diz que me viu matar alguém hoje.

Se ela quer dizer meu chefe, eu digo, tá bom, tá bom, tá bom, tá bom, eu sei, a polícia sabe, todo mundo já está me procurando para me dar uma injeção letal, mas foi o Tyler que matou o meu chefe.

Só calha de Tyler e eu termos as mesmas impressões digitais, mas ninguém entende.

"Vai se foder", diz Marla e me encara com aquele olho roxo. "Não quero saber se você e os seus discipulozinhos gostam de apanhar, se encostar a mão em mim de novo, você morre."

"Você atirou num homem essa noite", diz Marla.

Não, foi uma bomba, digo, e aconteceu hoje de manhã. Tyler furou um monitor de computador e encheu de gasolina ou pólvora.

Todas as pessoas com câncer no intestino de verdade estão paradas assistindo a isso.

"Não", diz Marla. "Eu te segui até o Pressman Hotel, e você era um garçom daquelas festas de assassinatos misteriosos."

Nas festas de assassinatos misteriosos, pessoas ricas iam ao hotel para um grande jantar festivo e atuavam numa espécie de história da Agatha Christie. Em algum momento entre a Boudin de Gravlax e o lombo de cervo, as luzes se apagavam por um minuto e alguém fingia ser assassinado. Era para ser um tipo de morte divertida de mentirinha.

No resto da refeição, os convidados ficavam bêbados e comiam seus Consommés ao molho madeira e tentavam encontrar pistas de quem entre eles era um assassino psicótico.

Marla grita: "Você atirou no enviado especial de reciclagem do prefeito!"

Tyler atirou no enviado especial de sei lá o que do prefeito.

Marla diz: "E você nem tem câncer!"

Acontece rápido assim.

Estale os dedos.

Todo mundo está olhando.

Eu grito: você também não tem câncer!

"Ele vem aqui há dois anos", grita Marla, "e nem tem nada!"

Estou tentando salvar a sua vida!

"O quê? Por que a minha vida precisa ser salva?"

Porque você tem me seguido. Porque você me seguiu essa noite, porque está dizendo que Tyler Durden matou alguém, e Tyler vai matar qualquer um que ameaçar o Projeto Destruição.

Todo mundo na sala parece arrancado de suas tragediazinhas. Suas coisinhas de câncer. Até as pessoas que tomam remédio para dor parecem estar de olhos arregalados e alertas.

Digo para a multidão: desculpa. Nunca quis magoar ninguém. É melhor a gente ir. A gente devia falar disso lá fora.

Todo mundo diz: "Não! Fiquem! O que mais?"

Eu não matei ninguém, argumento. Eu não sou Tyler Durden. Ele é o outro lado da minha dupla personalidade. Ninguém aqui viu o filme *Sybil*?

Marla diz: "Então quem vai me matar?"

Tyler.

"Você?"

Tyler, digo, mas posso dar um jeito nele. Você só tem que tomar cuidado com os membros do Projeto Destruição. Tyler pode ter dado a eles ordens para seguirem ou sequestrarem você ou alguma coisa.

"Por que eu devo acreditar em qualquer parte disso?"

Acontece rápido assim.

Digo: porque acho que gosto de você.

Marla diz: "Não ama?"

Esse já é um momento meloso o suficiente, digo. Não força.

Todo mundo assistindo sorri.

Tenho que ir. Preciso sair daqui. Digo: cuidado com caras com a cabeça raspada ou caras que parecem que apanharam. Olhos roxos. Dentes faltando. Esse tipo de coisa.

Marla diz: "Então aonde você está indo?"

Preciso dar um jeito em Tyler Durden.

O NOME DELE ERA PATRICK MADDEN, e ele era o enviado especial de reciclagem do prefeito. O nome dele era Patrick Madden, e ele era um inimigo do Projeto Destruição.

Em torno da Primeira Metodista, eu saio noite afora, e começo a me lembrar de tudo.

Começo a lembrar de todas as coisas que Tyler sabe.

Patrick Madden estava compilando uma lista de bares onde clubes da luta se reuniam.

De repente, sei como operar um projetor de cinema. Sei quebrar cadeados e como Tyler tinha alugado a casa da Paper Street logo antes de se revelar para mim na praia.

Sei por que Tyler tinha acontecido. Tyler amava Marla. Desde a noite em que eu a conheci, Tyler ou alguma parte de mim tinha precisado estar com ela.

Não que isso importe. Não agora. Mas estou me lembrando de todos os detalhes enquanto vou seguindo pela noite para o clube da luta mais próximo.

Tem um clube da luta no porão do Armory Bar aos sábados à noite. Você pode encontrá-lo na lista que Patrick Madden estava compilando, o pobre do defunto do Patrick Madden.

Esta noite, vou para o Armory Bar e a multidão se abre como um zíper quando entro. Para todo mundo lá, eu sou Tyler Durden o Grande e Poderoso. Deus e pai.

A todo o meu redor escuto: “Boa noite, senhor.”

“Bem-vindo ao clube da luta, senhor.”

“Obrigado por se juntar a nós, senhor.”

Eu, minha cara de monstro que só começou a sarar. O buraco na minha cara sorrindo na minha bochecha. Uma carranca na minha boca de verdade.

Porque sou Tyler Durden, e você pode ir se danar, eu me inscrevo para lutar com cada cara no clube da luta aquela noite. Cinquenta lutas. Uma luta de cada vez. Sem sapato. Sem camisa.

As lutas seguem o tempo que precisarem.

E se Tyler ama Marla.

Eu amo Marla.

E o que acontece não acontece em palavras. Eu quero suprimir todas as praias francesas que nunca vou ver. Imagine ficar na espreita de alces nas florestas de cânions úmidas em torno do Rockefeller Center.

Na minha primeira luta, o cara passa os braços debaixo dos meus e empurra minha cabeça para baixo por trás, bate minha cara, bate minha bochecha, bate o buraco da minha bochecha no chão de concreto até que meus dentes quebram e suas raízes pontudas se afundam na minha língua.

Agora consigo me lembrar de Patrick Madden, morto no chão, sua esposinha bibelô, só uma garotinha com um coque baixo. Sua esposa deu uma risadinha e tentou derramar champanhe entre os lábios do marido morto.

A esposa disse que o sangue falso era muito, muito vermelho. A sra. Patrick Madden colocou dois dedos na poça de sangue ao lado do marido e depois colocou os dois dedos na boca.

Os dentes plantados na minha língua, sinto o gosto do sangue.

A sra. Patrick Madden sentiu o gosto do sangue.

Eu me lembro de estar lá nos arredores da festa de assassinato misterioso com os macacos espaciais de pé como guarda-costas ao meu redor. Marla no seu vestido com estampa de papel de parede de rosas escuras assistia do outro lado do salão de baile.

Na minha segunda luta, o cara bota o joelho entre as minhas escápulas. Puxa meus dois braços para trás das minhas costas e bate meu peito no chão de concreto. Minha clavícula de um lado, ouço ela partir.

Eu iria aos Mármores do Elgin com uma marreta e limparia a bunda com a *Mona Lisa.*

A sra. Patrick Madden ficou com os dois dedos ensanguentados para cima, sangue vazando pelos espaços entre seus dentes e escorrendo dos dedos, nos pulsos, por uma pulseira de diamantes e para o cotovelo, de onde pingou.

Luta número três, eu acordo e é hora da luta número três. Não há mais nomes no clube da luta.

Você não é seu nome.

Você não é sua família.

O número três parece saber do que preciso e segura minha cabeça no escuro e no abafado. Há um tipo de estrangulamento que deixa sobrar ar o bastante só para você ficar acordado. O número três segura a minha cabeça na dobra do braço, do jeito que ele segura um bebê ou uma bola de futebol, na dobra do braço, e martela minha cara com o molar latejante de seu punho fechado.

Até que meu dente corta a parte de dentro da minha bochecha.

Até que o buraco na minha bochecha chega ao canto da minha boca, os dois lançando um olhar de esguelha que se abre desde debaixo do meu nariz até debaixo da minha orelha.

O número três soca até seu punho estar em carne viva.

Até que eu esteja chorando.

Como tudo que você amar na vida vai rejeitá-lo ou morrer.

Tudo que você criar na vida vai ser jogado fora.

Tudo de que você tem orgulho vai acabar no lixo.

Sou Ozymandias, rei dos reis.

Mais uma pancada e meus dentes se fecham completamente na minha língua. Metade da minha língua cai no chão e é chutada para longe.

O bibelozinho que é a sra. Patrick Madden ajoelhada no chão ao lado do corpo do marido, os ricos, as pessoas que chamavam de amigos, se assomando bêbadas em torno dela e rindo.

A esposa disse: “Patrick?”

A poça de sangue se abrindo mais e mais até chegar na saia dela.

Ela diz: "Patrick, já chega, pare de estar morto."

O sangue sobe pela barra da saia dela, ação capilar, fio a fio, subindo pela saia dela.

À minha volta os homens do Projeto Destruição estão gritando.

Então a sra. Patrick Madden está gritando.

E no porão do Armory Bar, Tyler Durden escorrega para o chão em um amontoado quente. Tyler Durden o Grande, que foi perfeito por um instante, e que disse que esse instante é o máximo que você pode esperar da perfeição.

E a luta segue em frente e em frente porque quero estar morto. Porque só na morte nós temos nomes. Só na morte não somos mais parte do Projeto Destruição.

29

TYLER ESTÁ PARADO LÁ, PERFEITO, LINDO E ANGELICAL em seu jeito todo loiro. Minha determinação de viver me impressiona.

Eu, eu sou um pedaço de pano ensanguentado seco num colchão sem lençol num quarto na Saboaria da Paper Street.

Tudo no meu quarto já era.

O espelho com uma foto do meu pé de quando tive câncer por dez minutos. Pior do que câncer. O espelho já era. A porta do armário está aberta e minhas seis camisas brancas, calças pretas, cuecas, meias e sapato já eram.

Tyler diz: "Levanta."

Debaixo e atrás e dentro de tudo que dei como certo, algo terrível vem crescendo.

Tudo desmoronou.

Os macacos espaciais vazaram. Tudo está realojado, a gordura de lipoaspiração, os beliches, o dinheiro, especialmente o dinheiro. Só o jardim ficou para trás, e a casa alugada.

Tyler diz: "A última coisa que a gente tem que fazer é esse negócio de martírio. Esse negócio de estar morto."

Não morte como uma coisa triste e depressiva, isso ia ser morte como uma coisa animada e empoderadora.

Ah, Tyler, estou dolorido. Só me mata aqui.

"Levanta."

Me mata, de uma vez. Me mata. Me mata. Me mata. Me mata.

"Tem que ser grande", diz Tyler. "Imagina isso: você no topo do prédio mais alto do mundo, o prédio inteiro tomado pelo Projeto Destruição. Fumaça saindo pelas janelas. Mesas caindo na multidão na rua. Uma verdadeira morte de ópera, é isso que você vai ter."

Eu digo que não. Você já me usou o bastante.

"Se você não cooperar, vou atrás da Marla."

Eu te sigo, digo.

"Agora sai da porra dessa cama", disse Tyler, "e arrasta essa bunda pra porra do carro."

Então Tyler e eu estamos no alto do Parker-Morris Building com a arma enfiada na minha boca.

Estamos nos nossos últimos dez minutos.

O Parker-Morris Building não vai estar aqui em dez minutos. Sei disso porque Tyler sabe disso.

Com o cano da arma encostado no fundo da minha garganta, Tyler diz: "A gente não vai morrer de verdade."

Empurro o cano da arma com a língua para a bochecha que me sobrou e digo: Tyler, você está pensando em vampiros.

Estamos nos nossos últimos oito minutos.

A arma é só para o caso dos helicópteros da polícia chegarem aqui antes.

Para Deus, isso parece um único homem, sozinho, segurando a arma na própria boca, mas é o Tyler segurando a arma, e é a minha vida.

Você pega um concentrado de noventa e oito por cento de ácido nítrico fumegante e adiciona o ácido a três vezes a quantidade de ácido sulfúrico.

Você tem nitroglicerina.

Sete minutos.

Misture a nitroglicerina com serragem, e você tem um belo de um explosivo plástico. Muitos dos macacos espaciais misturam a nitroglicerina com algodão e acrescentam sais de Epsom como sulfato. Isso funciona também. Alguns deles usam parafina misturada com nitroglicerina. Parafina nunca, nunca funcionou para mim.

Quatro minutos.

Tyler e eu estamos na beira do terraço, a arma na minha boca, estou me perguntando quão limpa essa arma está.

Três minutos.

Então alguém grita.

"Espera", e é Marla atravessando o terraço.

Marla está vindo na minha direção, só na minha porque Tyler sumiu. Puf. Tyler é minha alucinação, não a dela. Rápido como um passe de mágica, Tyler desapareceu. E agora sou só um homem segurando a arma na minha boca.

"A gente te seguiu", grita Marla. "Todo mundo do grupo de apoio. Você não tem que fazer isso. Abaixa a arma."

Atrás de Marla, todos os cânceres do intestino, todos os parasitas do cérebro, todo o povo do melanoma, o povo da tuberculose, estão andando, mancando, vindo de cadeira de rodas na minha direção.

Estão dizendo: "Espera."

As vozes deles chegam até mim através do vento frio, dizendo: "Para."

E "A gente pode te ajudar".

"Deixa a gente te ajudar."

Pelo céu vem o *uôp, uôp, uôp* dos helicópteros da polícia.

Eu grito para irem embora. Saiam daqui. Esse prédio vai explodir.

Marla grita em resposta: "A gente sabe."

É como um momento de epifania total para mim.

Não vou me matar, eu grito. Vou matar Tyler.

Sou o Disco Rígido do Joe.

Eu me lembro de tudo.

"Não é amor nem nada", grita Marla, "mas acho que gosto de você, também."

Um minuto.

Marla gosta de Tyler.

"Não, eu gosto de você", grita Marla. "Sei a diferença."

E nada.

Nada explode.

Com o cano da arma enfiado na bochecha que me restou, eu digo: Tyler, você misturou a nitroglicerina com parafina, não misturou?

Parafina nunca funciona.

Tenho que fazer isso.

Os helicópteros da polícia.

E puxo o gatilho.

NA CASA DE MEU PAI HÁ MUITAS MORADAS.

É claro, quando puxei o gatilho, eu morri.

Mentiroso.

E Tyler morreu.

Com os helicópteros da polícia retumbando em direção a nós, e Marla e todo o pessoal do grupo de apoio que não podiam se salvar tentando me salvar, tive que puxar o gatilho.

Isso era melhor do que a vida real.

E o seu momento perfeito não vai durar para sempre.

Tudo no céu é branco sobre branco.

Impostor.

Tudo no céu está quieto, sapatos de sola de borracha.

Posso dormir no céu.

As pessoas me escrevem no céu e me dizem que sou lembrado. Que sou o herói delas. Vou melhorar.

Os anjos aqui são do tipo do Velho Testamento, legiões e tenentes, um anfitrião divino que trabalha em turnos, dias, vaivém. Cemitério. Eles trazem suas refeições numa bandeja com um copinho de papel de remédios. O playset de *O vale das bonecas*.

Conheci Deus do outro lado de sua mesa comprida de nogueira com seus diplomas pregados na parede no fundo, e Ele me pergunta: "Por quê?"

Por que causei tanta dor?

Eu não me dava conta de que cada um de nós é um floco de neve único e sagrado especial?

Eu não consigo ver como somos todos manifestações de amor?

Olho para Deus atrás de sua mesa, fazendo anotações num bloquinho, mas Deus entendeu tudo errado.

Nós não somos especiais.

Não somos a merda e o lixo, também.

Simplesmente somos.

Simplesmente somos, e o que acontece simplesmente acontece.

E Deus diz: "Não. Isso não está certo."

Tá bom. Bem. Que seja. Você não pode ensinar nada para Deus.

Deus me pergunta do que me lembro.

Eu me lembro de tudo.

A bala que saiu da arma de Tyler rasgou minha outra bochecha para me dar um sorriso dentado de orelha a orelha. É, bem como uma abóbora de Halloween raivosa. Demônio japonês. Dragão da Ganância.

Marla ainda está na Terra, e ela me escreve. Um dia, diz, vão me trazer de volta.

E se houvesse um telefone no Céu, eu ligaria para Marla de lá e na hora que ela dissesse "Alô", eu não desligaria. Eu diria: "Oi. Qual é a boa? Me conta tudinho."

Mas não quero voltar. Ainda não.

Só porque.

Porque, de vez em quando, o cara que traz minha bandeja com o almoço e meus remédios tem um olho roxo ou sua testa está inchada com pontos. Ele diz:

"Sentimos sua falta, sr. Durden."

Ou alguém com um nariz quebrado passa por mim com um esfregão e sussurra:

"Tudo está correndo de acordo com o plano."

Sussurra:

"Vamos arrebentar a civilização para podermos criar algo melhor a partir do mundo."

Sussurra:

"Estamos ansiosos esperando o seu retorno."

POSFÁCIO

Ele se inclinou para a frente, seu hálito cheirando a uísque bebido direto da garrafa. Sua boca nunca totalmente fechada. Seu olho azul aberto mais do que a metade. Numa mão segurava uma corda enrolada, do velho tipo de cânhamo, da mesma cor do cabelo loiro dele. Amarelo como o chapéu de caubói dele. O tipo de corda de caubói que ele balançava na minha cara enquanto falava. Atrás dele, uma porta aberta mostrava um lance de escada que descia para o escuro.

Era jovem com uma barriga seca, usando uma camiseta branca e botas de caubói marrons com saltos grossos. Seu cabelo, loiro debaixo do chapéu de palha de caubói. Um cinto com uma grande fivela de metal segurando a calça jeans azul. Seus braços brancos e magrelos, bronzeados e lisos como a ponta fina de cada bota de caubói.

Com seus olhos com uma floresta de veiazinhas vermelhas, ele diz para agarrar a corda e segurar — firme. E puxando a corda, começa a descer, seus saltos de caubói martelam um degrau, outra batida forte na madeira no porão escuro. Lá, no breu, me puxando, seu hálito cheirando a uísque, o mesmo que uma bola de algodão num consultório médico, o toque frio do álcool sendo passado no instante antes de uma injeção.

Lá, outro passo no escuro, o caubói diz: "A primeira regra do Tour do Túnel Assombrado é não falar sobre o Tour do Túnel Assombrado."

E eu paro. A corda ainda um sorriso frouxo balançando entre nós.

"E a segunda", diz o caubói, seu cheiro de uísque, "é não falar sobre o Tour do Túnel Assombrado."

A corda, a sensação das fibras trançadas, é torcida forte e bem ensebada na minha mão. E ainda parado, puxando a corda, digo a ele: Ei...

Do escuro, o caubói diz: "Ei, o quê?"

Digo: eu escrevi esse livro.

A corda entre nós ficando mais esticada, esticada, esticada.

E a corda para o caubói. Do escuro, ele diz: "Escreveu o quê?"

Clube da luta, digo a ele.

Então, o caubói sobe um degrau de volta. A batida de sua bota num degrau, mais perto. Ele ergue um pouco a frente do chapéu para enxergar melhor e me lança um olhar, piscando rápido, seu hálito de caldeira forte, de bafômetro forte. Ele diz:

"Teve um *livro*?"

Sim.

Antes de ter um filme...

Antes de clubes 4-H na Virgínia serem presos por tocar clubes da luta...

Antes de Donatella Versace costurar navalhas em roupas masculinas e chamar isso de o "look clube da luta". Antes de modelos da Gucci desfilarem na passarela sem camisa e com olhos roxos, contundidos e ensanguentados e com curativos. Antes de marcas como Dolce & Gabbana lançarem suas novas camisas masculinas acetinadas anos 1970 com estampas de murais de fotos, calças com estampas camufladas e calças de couro justas e baixas em porões de concreto sujos de Milão...

Antes de jovens começarem a fazer cicatrizes de beijo nas mãos com soda cáustica ou Supercola...

Antes de jovens no mundo todo entrarem na justiça para mudar o nome para "Tyler Durden"...

Antes de a banda Limp Bizkit colocar um banner em seu site dizendo "dr. Tyler Durden recomenda uma dose saudável de Limp Bizkit...".

Antes de você poder entrar no Office Depot, para comprar etiquetas sem brilho e em branco, e lá no pacote da Avery Dennison (produto item

8293) haver uma etiqueta de amostra, impressa: "Tyler Durden 420 Paper St. Wilmington, DE 19886"...

Antes de clubes de luta noturnos no Brasil, onde em algumas noites jovens lutavam até a morte...

Antes de o *Weekly Standard* anunciar "A crise da virilidade"...

Antes do livro de Susan Faludi, *Domados: Como a cultura traiu o homem americano*...

Antes de estudantes da Brigham Young University lutar por seu direito de bater uns nos outros nas noites de segunda-feira, insistindo que não havia nada na lei mórmon que proibisse seu "Provo Fight Club"...

Antes de o filho do governador de Utah Mike Leavitt ser acusado de perturbação da paz e invasão por tocar um clube da luta em uma igreja mórmon...

Antes de o jornal *The Onion* publicar uma denúncia sobre "A sociedade da costura", na qual velhas senhoras se encontravam no subsolo da igreja, ansiando por "ação sem dedais e de pontos à mão" em que "a primeira regra da sociedade da costura é não falar sobre costura...".

Antes de o *Saturday Night Live* apresentar o "Clube-do-Lute-Como-Uma-Garota"...

Antes de editores de revistas e jornais começarem a telefonar, perguntando onde encontrar um clube da luta típico na região deles, para que pudessem mandar um repórter disfarçado escrever uma matéria, garantindo que não acabariam com a natureza secreta de qualquer filial do clube...

Antes de editores de revistas e jornais ligarem para me xingar, me insultando porque eu insistia que toda a ideia dos clubes da luta tinha sido inventada. Só a minha imaginação...

Antes de cartuns de política nacional apresentarem "clubes da luta congressionais"...

Antes da Universidade da Pensilvânia receber conferências em que acadêmicos dissecavam *Clube da luta* com tudo, de Freud a escultura flexível, a dança interpretativa ...

Antes de uma porrada de zilhões de sites pornôs "clube da foda"...

Antes de uma porrada de zilhões de resenhas de restaurante com o título: "Clube da mordida"...

Antes de a Rumble Boys, Inc. começar a rotular seus produtos de beleza, musses e gel para cabelos com citações de Tyler Durden...

Antes de você poder andar por aeroportos e ouvir falsos anúncios públicos chamando "Tyler Durden... Tyler Durden, por favor, atenda o telefone público de assistência...".

Antes de você poder encontrar pixações em Los Angeles, tags de tinta spray que alegam: "Tyler Durden vive"...

Antes de pessoas no Texas começarem a usar camisetas dizendo "Salve Marla Singer"...

Antes de uma variedade de peças com o tema *Clube da luta* ilegais...

Antes de a minha geladeira estar cheia de fotografias enviadas a mim por estranhos: caras sorridentes e com hematomas e pessoas lutando em ringues de boxe de fundo de quintal...

Antes de o livro ser traduzido em dezenas de línguas: *Club de Combate* e *De Vechtclub* e *Borilacki Klub* e *Klub Golih Pesti* e *Kovos Klubas*...

Antes disso tudo...

Havia apenas um conto. Era só um experimento para matar uma tarde devagar no trabalho. Em vez de passear um personagem de cena em cena em uma história, tinha que haver algum jeito de só cortar, cortar, cortar. Pular. De cena para cena. Sem perder o leitor. Para mostrar cada aspecto de uma história, mas só o núcleo de cada aspecto. O momento central. Depois outro momento central. Depois, outro.

Tinha que haver um tipo de refrão. Alguma coisa branda que não fosse prender a atenção do leitor, mas que atuaria para assinalar um salto para um novo ângulo ou aspecto da história. Uma espécie de mediador brando que seria a pedra de toque ou o marco que o leitor precisaria para não se sentir perdido. Uma espécie de sorbet neutro, como algo servido entre os pratos de um jantar chique. Um sinal, como uma música de transição em programas de rádio, para anunciar o tema seguinte. O próximo salto.

Um tipo de cola ou argamassa que seguraria um mosaico de diferentes momentos e detalhes. Dando a todos eles uma continuidade e ainda assim mostrando cada momento ao não empurrá-lo contra o momento seguinte.

Pense no filme *Cidadão Kane* e nos repórteres de jornal, sem rosto e sem nome, que criam uma estrutura para contar a história de muitas fontes diferentes.

Era isso que eu queria fazer. Naquela tarde maçante no trabalho.

Então, para esse refrão — esse "dispositivo transicional" —, escrevi oito regras. Toda a ideia de um clube da luta não era importante. Foi arbitrária. Mas as oito regras tinham de se aplicar a alguma coisa, então *por que não um clube em que você podia chamar alguém para lutar?* Do jeito que você chamaria para dançar numa discoteca. Ou desafiar alguém num jogo de bilhar ou de dardos. A *luta* não era a parte importante da história. O que eu precisava era das *regras*. Aqueles marcos brandos que me permitiriam descrever esse clube do passado, do presente, de perto ou de longe, o começo e a evolução, emendar um monte de detalhes e momentos — tudo dentro de sete páginas — e NÃO perder o leitor.

Na época, eu estava com um olho roxo que não melhorava, uma lembrança de uma briga de socos durante minhas férias de verão. Ninguém com quem eu trabalhava tinha perguntado sobre aquele machucado, e imaginei ser possível fazer qualquer coisa na vida particular se isso te deixasse tão contundido que ninguém ia querer saber os detalhes.

Ao mesmo tempo, tinha visto um programa de TV com Bill Moyer sobre como as gangues de rua eram, na verdade, jovens criados sem pai, só tentando ajudar uns aos outros a se tornarem homens. Eles emitiam ordens e desafios. Impunham regras e disciplina. Recompensavam a ação. Todas as coisas que um técnico ou sargento faria.

Ao mesmo tempo, as livrarias estavam cheias de livros como *O clube da felicidade e da sorte* e *Divinos segredos* e *Colcha de retalhos: uma mulher em busca da liberdade*. Esses eram romances que apresentavam um modelo social para mulheres estarem juntas. Sentarem juntas e contarem suas histórias. Dividirem suas vidas. Mas não havia nenhum romance que apresentasse um novo modelo social para os homens compartilharem suas vidas.

Ele teria de dar aos homens a estrutura e os papéis de um jogo ou de uma tarefa — só que sem ser sentimental demais. Ele teria de moldar um novo jeito de se juntar e estar junto. Poderia ter sido "clube da construção" ou "clube do golfe" e talvez tivesse vendido bem mais exemplares. Alguma coisa não ameaçadora.

Mas, naquela tarde devagar, escrevi um conto de sete páginas chamado *Clube da luta*. Foi o primeiro conto de verdade que já vendi. Uma antologia chamada *The Pursuit of Happiness*, publicada pela Blue Heron Press, o comprou por cinquenta pratas. Na primeira edição, os editores, Dennis e Linni Stovall, imprimiram cada cópia com o título errado na lombada, e o custo de reimpressão faliu a pequena editora dos dois. Hoje, eles venderam todos os exemplares. Os impressos sem erro e os impressos com erro. Principalmente para pessoas atrás daquele conto original que desde então se tornou o capítulo seis do livro, *Clube da luta*.

Ele só tinha sete páginas porque meu professor de escrita, Tom Spanbauer, tinha brincado que sete páginas era o tamanho perfeito para um conto.

Para transformar o conto num livro, adicionei cada história que os meus amigos podiam contar. Cada festa a que eu ia me dava mais material. Tem a história sobre o Mike emendando pornô em filmes para a família. Tem a história sobre Geoff mijando na sopa quando era garçom de bufê de luxo. Uma vez, um amigo ficou preocupado se essas histórias não poderiam instigar as pessoas a copiá-las, e insisti que a gente só era um bando de zé-ninguém proletário morando no Oregon que tinha estudado em escola pública. Não tinha nada que a gente podia imaginar que um milhão de pessoas já não estivesse fazendo.

Anos depois, em Londres, um jovem me puxou de lado antes de um evento sobre o livro. Ele era garçom de um restaurante cinco estrelas — um de apenas dois restaurantes cinco estrelas na cidade — e adorava como eu tinha representado os garçons estragando a comida. Muito antes de terem lido o meu livro, ele e os outros garçons já tinham sacaneado a comida que serviam para celebridades.

Quando pedi para ele dizer o nome de uma celebridade, ele balançou a cabeça. Não, não podia correr o risco de dizer.

Quando me recusei a autografar seu livro, ele me chamou mais para perto e cochichou:

"Margaret Thatcher já comeu a minha porra."

Ergueu uma mão, os cinco dedos abertos, e disse:

"Pelo menos cinco vezes..."

Na oficina em que comecei a escrever ficção, você tinha que ler seu trabalho em público. Na maioria das vezes, lia num bar ou num café onde competiria com o rugido da máquina de café expresso. Ou com o jogo de futebol na televisão. Música e gente bêbada conversando. Contra todo esse barulho e distração, só os contos mais chocantes, mais físicos, obscuros e engraçados eram ouvidos. Nossa audiência de teste nunca sentaria quieta para o "Clube da construção".

De verdade, o que eu estava escrevendo era só *O grande Gatsby*, um pouco atualizado. Era ficção "apostólica" — na qual um apóstolo sobrevivente conta a história do seu herói. Há dois homens e uma mulher. E um homem, o herói, morre com um tiro.

Era um romance clássico e antigo, mas atualizado para competir com a máquina de café expresso e a ESPN.

Levei três meses para escrever o primeiro rascunho, e o livro foi vendido para a W. W. Norton em três dias. Por um adiantamento tão baixo que nunca contei a ninguém. *Ninguém*. Foram seis mil dólares. Outros autores agora me dizem que isso é chamado "dinheiro para sumir". É um adiantamento tão baixo que o autor se sente insultado e desiste. Isso safa a editora sem ofender qualquer membro da equipe que quisesse adquirir o livro.

Ainda assim, eram seis mil dólares. Pagaria o meu aluguel por um ano. Então aceitei. E, em agosto de 1996, houve um livro de capa dura. E lançamentos em três cidades — Seattle, Portland e San Francisco —, nos quais não mais do que três pessoas apareceram em cada leitura. As vendas de livros não cobriam nem sequer o que eu bebia dos frigobares dos hotéis.

Um resenhista chamou o livro de ficção científica. Outro o chamou de uma sátira sobre o movimento de homens *João de Ferro*. Outro o chamou de uma sátira da cultura corporativa de colarinho branco. Alguns o chamaram de terror. Ninguém o chamou de romance.

Em Berkeley, me perguntaram durante uma entrevista de rádio: "Tendo escrito este livro, o que pode nos dizer sobre o status da mulher norte-americana no mundo hoje?"

Em Los Angeles, um professor universitário na National Public Radio disse que o livro era um fiasco porque não abordava o tema do racismo.

Num avião de volta para Portland, um comissário de bordo se debruçou perto de mim e me pediu para lhe dizer a verdade. Sua teoria era que o livro não era sobre luta. Insistiu que era, na verdade, sobre homens gays assistindo uns aos outros treparem em saunas públicas.

Eu disse a ele, pois é, que se foda. E ele me deu bebidas de graça o resto do voo.

Outros resenhistas o odiaram. Ah, o chamaram de "sombrio demais". "Violento demais." "Estridente e berrante e dogmático demais." Eles teriam adorado o "Clube da construção".

Ainda assim, ele ganhou o Pacific Northwest Booksellers Award de 1997, e o Oregon Book Award de melhor romance no mesmo ano. Um ano depois, num bar literário em Manhattan, uma mulher se apresentou para mim. Ela era a chefe dos jurados do prêmio de Oregon e disse que tinha lutado com unhas e dentes para convencer os outros. Que Deus a abençoe.

Um ano depois, no mesmo bar, outra mulher se apresentou para mim, contando que estava desenhando os pinguins animados computadorizados para o filme *Clube da luta*.

Então, teve Brad Pitt e Edward Norton e Helena Bonham Carter.

Desde então, milhares de pessoas têm me escrito, a maioria dizendo "obrigado". Por escrever algo que fez o filho delas começar a ler de novo. Ou o marido delas. Ou os alunos delas. Outras pessoas escreveram cartas, um pouco bravas, dizendo como elas é que tinham inventado toda a ideia de clubes da luta. Em campos de treinamentos militares. Ou em campos de trabalho na época da Depressão. Ficavam bêbadas e pediam umas para as outras: "Me bate. O mais forte que você conseguir."

Sempre tinha havido clubes da luta, dizem. Sempre vai haver clubes da luta.

Garçons sempre vão mijar na sopa. As pessoas sempre vão se apaixonar.

Agora, sete livros depois, homens ainda perguntam onde encontrar clubes da luta na sua região.

E mulheres ainda perguntam se existe um clube em que podem lutar umas contra as outras.

Agora, esta é a primeira regra do clube da luta: *Não tem nada que um zé-ninguém proletário do Oregon com educação de escola pública possa imaginar que um milhão-bilhão de pessoas já não tenham feito...*

Nas montanhas da Bolívia — um lugar onde o livro ainda está para ser publicado, a milhares de quilômetros do caubói bêbado e seu Tour do Túnel Assombrado —, todo ano, as pessoas mais pobres se reúnem em vilarejos altos dos Andes para celebrar o festival do "Tinku".

Lá, os *campesinos* se arrebentam de porrada. Bêbados e ensanguentados, eles se socam só com as mãos, cantando: "Nós somos homens. Nós somos homens. Nós somos homens..."

Os homens lutam contra os homens. Às vezes, as mulheres lutam entre si. Elas lutam como o fizeram por séculos. No mundo deles, com pouca renda ou riqueza, poucas posses e nenhuma educação ou oportunidade, é pelo festival que esperam ansiosos o ano inteiro.

Então, quando estão exaustos, os homens e as mulheres vão para a igreja.

E se casam.

Estar cansado não é a mesma coisa do que ser rico, mas na maioria das vezes é próximo o suficiente.

PREPARAÇÃO
Anna Beatriz Seilhe

REVISÃO
Rodrigo Rosa
Juliana Pitanga

PROJETO GRÁFICO
Leonardo Iaccarino

CAPA
Leonardo Iaccarino

TÍTULO ORIGINAL
Fight Club

CIP-BRASIL. CATALOGAÇÃO NA PUBLICAÇÃO
SINDICATO NACIONAL DOS EDITORES DE LIVROS, RJ

P178c Palahniuk, Chuck, 1962-
Clube da luta / Chuck Palahniuk ; tradução Érika Nogueira Vieira. - 1. ed. - Rio de Janeiro : Record, 2025.

Tradução de: Fight club
ISBN 978-85-01-92337-0

1. Ficção americana. I. Vieira, Érika Nogueira. II. Título.

25-100598.0 CDD: 813
CDU: 82-3(73)

Meri Gleice Rodrigues de Souza - Bibliotecária - CRB-7/6439

Texto revisado segundo o Acordo Ortográfico da Língua Portuguesa de 1990.

Direitos exclusivos de publicação em língua portuguesa
somente para o Brasil adquiridos pela
EDITORA RECORD LTDA.
Rua Argentina, 171 – Rio de Janeiro, RJ - 20921-380 - Tel.: (21) 2585-2000,
que se reserva a propriedade literária desta tradução.

Impresso no Brasil

ISBN 978-85-01923-37-0

Atendimento e venda direta ao leitor:
sac@record.com.br